U0584978

人长大了，开心都想哭

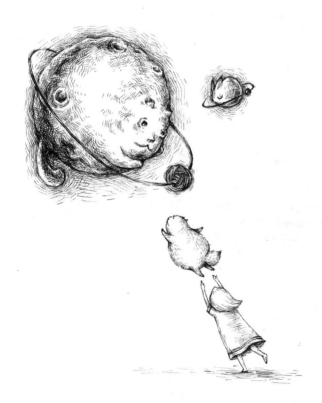

马马也
MAMAYE

作品

作家出版社

图书在版编目（CIP）数据

人长大了，开心都想哭 / 马马也著 . — 北京：作家
出版社，2015.9

ISBN 978-7-5063-8312-7

Ⅰ . ① 人… Ⅱ . ① 马… Ⅲ . ① 故事—作品集—中国—
当代 Ⅳ . ① 1247.8

中国版本图书馆 CIP 数据核字（2015）第 226524 号

人长大了，开心都想哭

作　　者：马马也
出 品 人：高　路　猫书社
责任编辑：丁文梅
特约监制：华　婧　何菠萝
特约策划：何菠萝
特约编辑：猫书社·姜小白
装帧设计：@_ 叁囍
特邀画师：崔九九
出 品 方：北京中作华文数字传媒股份有限公司
出版发行：作家出版社
社　　址：北京农展馆南里 10 号　　　邮　　编：100125
电话传真：86-10-65930756（出版发行部）
　　　　　86-10-65004079（总编室）
　　　　　86-10-65015116（邮购部）
E-mail:zuojia@zuojia.net.cn
http://www.haozuojia.com（作家在线）
印　　刷：三河市华业印务有限公司
成品尺寸：146×210
字　　数：135 千
印　　张：9.25
版　　次：2015 年 11 月第一版
印　　次：2015 年 11 月第 2 次印刷
ISBN：978-7-5063-8312-7
定　　价：36.00 元

> 自序

01#

2007 年盛夏的某天晚上，在房龄超过 30 年的筒子楼顶层的出租屋里，屋顶白天吸收了巨额的太阳能，此时开始尽情释放能量，烘烤着我，以及房间里的一切。

如果在遥远的开普勒 452b 上也有高级生命，它们早地球科学家几年发现了一千四百光年以外的地球，远远地观察着地球上的人类，而我刚好是第一个被他们观测到的地球人，他们一定会发现，地球人全身赤裸，浑身上下被一层水汽所包围，头顶还不断地散发着白色的烟雾，原始而又神秘。

我被酷热烘烤着，可内心却冰冷冰冷的。我那台十八寸的彩色电视机里正在放着格斯·范·桑特的《大象》。影片中，两个少年捧着网上买来的 M4 卡宾枪大开杀戒，原本疑似的小清新瞬间变成了暴力屠杀，看得我目瞪口呆，心里只有一个声音，我嚓、我嚓、我嚓……

影片演到高潮处，窗外突然射进一柱强光，打亮了整个房间，晃得我睁不开眼睛，来不及遮住私处，就听见螺旋桨巨大的轰鸣声。我心想这下完了，按照电影里演的，这意味着"直升机"上的重型机枪马上就要开火了，把房间里的一切都打个稀巴烂。为了保命我只能趴在地上，等待着子弹从头顶上呼啸而过。

在地上趴了一分多钟，"直升机"并没有开火。我想，它来不是为了杀人灭口，也许是某个情报机构要抓我协助调查。但我确实没干过什么坏事儿，也没和任何犯罪组织有牵连，顶多就是看了大量的盗版影碟，如果这也能算是犯罪的话。按照犯罪电影里演的，此时"直升机"应该开始喊话，用特别严肃的播音腔劝我不要做无谓的抵抗，要立即投降，紧接着房门被一脚踢飞，全副武装的飞虎队员冲进房间，将我五花大绑捆起来。

我又在地上趴了一会儿，没有人喊话，门外也没有任何动静。靠，不是杀人灭口，也不是飞虎队，难道是外星人？这么冷静地观察一个一丝不挂的男人，不是变态就只能是外星人了。思来想去，排除了某个姑娘租用了直升机向我求婚的可能性之后，唯一可能的就只能是 UFO 了。

我忐忑地站起身来，悄悄地打开阳台门，一只手护住裆部，另一只手稍微遮挡住强光，眼睛慢慢适应了光线，只见一只巨大的飞艇悬浮在我家阳台的正上方。

汽艇上一个半裸的美女，旁边配着几个大字——想让你的女人飞得更高？办法问我。电话 400—52X—52X。

嚓，该死的医疗广告。

02#

　　那一年我二十五岁，命运跌宕起伏，历经过不少人生离奇。见到那汽艇之前，我从未想过从前那些过往对于自己有什么意义。而当那天晚上我站在摇摇欲坠的筒子楼阳台上，看着那载着成人医疗广告的汽艇从我面前飘过时，我突然像被闪电击中了一般，脑海里冒出了一个念头，为什么不把它们都写下来？

　　就在那样离奇的一个夏日的午夜，如梦初醒般地对未来有了某种笃定的想法，我马马也注定要当一个以写字为生的人，即使当不了作家，也要把我经历过的、思考过的，全部写成文字。

　　即使明天就要死去，也要把昨天发生的故事写完，我抱着这样的心态一直写啊写的，一直写了快十年才勉强把前三十年的故事写成了这本书。总是害怕这本书写不完，还好，书写完了，我也还活着，所以没有什么遗憾了。

　　有人说，一个作家一辈子就只能写一本书，我却认为无论我还能写多少，每一个故事都应该当作是人生的最后一个故事，用尽全力把它写完。

03#

　　人要死去两次，肉体腐烂和被人遗忘。人会死，但写下来的故事不会，它会一直活下去。它会自己慢慢长大。

故事都写进了书里，写完的那一刻，它也就不再属于我了。它会有它自己的生命，有人会爱它，有人会不喜欢它，但这些都是它的，已经与我无关。我只能给它最好的祝福。

04#

年轻的时候总是喜欢肆无忌惮地说，年纪大了才慢慢学会闭嘴。好些话说不出口了，也找不到合适的人去说，于是都攒下来写成了故事。

书里这些故事，写尽了我前三十多年来经历的那些人和那些事儿，本来它们都是碎片化的，封存散落在各个角落当中，有的存放了好多年，夹杂在某本书里，无意间遇见，就像见到了多年未见的老友，见了面之后笑着笑着就哭红了眼眶。还有些码放在某个早就弃之不用的电邮的草稿箱里，一直翻啊翻的，翻到最后一页，才看见当年写下的那一段文字，那样熟悉的语句，到了现在无论怎么遣词造句都已经写不出当年的感觉了。

用了将近一年的时间，把故事都搬进了新建的文档，有感动、有眼泪、有欢笑、有释然。

终于把故事写完了，才发现自己一下变成了一个空壳子，连写自己的名字也要想好久，买一杯咖啡，竟然把密码输错三次。

虽然卡被锁了，心里却有一种幸福感，终于不用再时不时地想起过去的种种，写下来了，也就全都释然了。

写作对于我来说是一种治愈，那些翻来覆去念叨着的，念念不忘的，纠结难平的，全部都想不起来了。

05#

有天看《爸爸去哪儿》，竟然看到落泪，第一次觉得父子之情也能如此打动人心，于是偶然想起一句歌词，人长大了，开心都想哭。

本来以为人长大了就会越变越冷漠，结果等自己真的人到中年了，才发现冷漠是因为脆弱，太多事情容易让自己不堪一击。爱人、家人、宠物，每一个都是命门，再也不是孑然一身，而是被各种情感牵绊着。在爱与被爱中幸福着，就特别害怕失去。于是每每感受到浓烈的情绪，就忍不住要落泪，尤其是亲情。电影里的男欢女爱让人心动，但每当在电影里看见父母和子女之间的情感迸发，总是忍不住要落泪。

人长大了，开心都想哭，我想是岁月让人慢慢学会了爱和包容。好多真挚的情感得之不易，既然有缘结伴，唯有珍惜二字不可辜负。

06#

编辑说，你这些故事算得上是"暗黑治愈系"，具体什么意思我也不太懂，我就是觉得用"笑中带泪"来描述或许更适合。

07#

写作过程中喝了太多的可乐，书里的故事都是可乐泡出来的，所以这本书是可乐味儿的。你买一本书，版税刚好够买一罐可乐，所以这就等于我给你讲十三个故事，你请我喝一罐可乐。希望你我可以彼此欢喜。

如果你读完了这些故事，我们就算是朋友了，那么余生还请你指教。

目录

CHAPTER

01

> **曾经我也想过一了百了**

01
—
13

{ 人 长 大 了 ， 开 心 都 想 哭 }

01#

　　这个世界上有千奇百怪的死法，而自杀是唯一能够自主选择的。

　　一了百了这件事儿，刘瞳想过无数次。自从父母以极其残忍的方式离开这个世界之后，她就不止一次动过这样的念头。

　　小学的时候，有一次体育课上，刘瞳有个同学跑着跑着就倒在地上断了气儿，医生说她是脑袋里有一颗肿瘤突然爆炸了。还有一个同学，把铁丝捅进了电源插座里，当场触电身亡。

　　有一次，刘瞳在路上走着走着，忽听恶风不善，赶忙向前快跑两步，只听身后一声闷响，回头看，距离她一步之遥的人被高空掉落的玻璃削掉了半个脑袋，场面血腥程度不亚于惊悚片。

　　众人横穿马路，一辆超速超载的砂土车紧急刹车，失去平衡侧翻，一车砂石倾泻而下。电视新闻播出的时候，打上了马赛克，因为挖出来的尸体都变成了肉泥，惨不忍睹。

　　公交车上，两人殴斗，拳脚相加升级为空手对白刃，寒光一闪，正中胸口，刚刚还飞扬跋扈的肌肉男瞬间瘫倒在地，一命呜呼。

　　死亡似乎比活着容易多了，不过一秒钟的事情。

　　刚刚在那家高级餐厅里，刘瞳故意让丈夫撞见自己和别的男人玩暧昧，为此她计划了很久。她这么做的目的，是想让丈夫彻底死心，这样她即使从二十层楼高的地方一跃而下，丈夫也不至于太难过。说到底，不过是一个道德败坏的女人做自我了断，实在是没什么值得伤心的。

　　　　　　　　　　　　{ 人长大了，开心都想哭 }

跨过栏杆，双腿悬空，楼顶的风并没有想象中那么大。坐在二十层楼的高度上，俯瞰远处灯火阑珊，竟然有一种说不出的惬意。

刘瞳想，这生与死的距离，不过是屁股向前再挪两寸。

突然，一个烟头从刘瞳的头顶掠过，那火光一头扎进了车水马龙的深渊里。

"这样的高度，跳下去不会有任何痛苦，的确是最高级的自杀方法。"背后一个声音幽幽地说道。

刘瞳吓了一跳，猛一回头，一个高个子的男人不知道什么时候站在了身后。

男人看着远处林立的高楼，吐了个烟圈，意味深长地说："从这里跳下去，没有疼痛，没有不安，更没有恐怖，不仅如此，甚至还可以算得上痛快，简直是一了百了。"

刘瞳的心思竟然被一个陌生人看穿了，不禁有些心虚，她强装镇定问男人："你怎么知道，难不成你跳过？"

男子一条腿先跨过护栏，又拎起另外一条腿也跨过来，一屁股坐在了刘瞳身边。

"不瞒你说，我准备跳来着。之前研究了好几个月的《完全自杀手册》，书里面说如果人真的想死，跳楼是最完美的方法，毫无痛感且必死无疑。"男人一脸认真。

刘瞳没想到，连自杀都能找个伴儿，她突然觉得这件事儿有点喜感，于是问男人："那你是打算今天跳喽？"

男人哈哈笑了一声，声音爽朗，他说："你也看见了，我这条左腿基本上是个摆设，难得爬上来一次，已经做好了充足的准备。"

"这么说，我是打扰到你了。"刘瞳抱歉地冲他笑了笑。

"怎么会呢，你多虑了，人死之前能有人陪着说说话实在是再好不过了。"男人停顿了一秒钟，突然话锋一转，"可是，我看得出你情绪也不对。不会和我一样，也是来一了百了的吧？"

刘瞳并没有打算完全坦露心迹，说："我只不过是上来吹吹风，看看要不要随便跳一下。所以不必担心，我是不会劝你的，你跳你的就是了，我也不会和你一起跳下去的，以免被人误会是殉情。你要有什么遗言也可以告诉我，我愿意帮你转达。"

"不怕被连累？"

"没什么好怕的。我可以先走，给你留下个独处的空间。我去楼下等着，第一时间叫警察和救护车。"

"你这人倒是很体贴。"

"当然，你要是反悔不想跳了，我们还能一起去喝个酒。"

说完，两人相视一笑。男人学着刘瞳的样子，惬意地晃动着自己的那条好腿。

"为什么想死？"两人几乎异口同声地问对方。

男人比了个女士优先的手势。

"不要脸的老婆因为搞婚外情而负罪自杀，这是一个能让全世界都满意的答案吧？"刘瞳自嘲道，"那你又是为什么呢？"

"我没有活下去的必要了，死了是一种解脱。"男人回答，"都说时间会带走一切，可是只有经历过的人才知道，时间带不走任何东西，它只能把回忆变成一把枷锁，死死地卡住你的咽喉，

{ 人长大了，开心都想哭 }

让人生不如死。"

"虽然我不知道你经历过什么，可是，今天能相识也是缘分，为了一了百了，干一杯！"刘瞳的手停在空中，假装拿起酒杯斟满酒，和男子的手碰了一下，仰头一饮而尽。

02#

男人叫高迪，一年前的今天，他骑电动车接女朋友下班，路上被一辆路虎连人带车撞飞数米远。

高迪左腿粉碎性骨折，肋骨几乎全断，颅脑骨折。等到意识恢复，已经过去了整整三天。他醒过来之后，第一时间就问女朋友怎么样了，医生告诉他女孩被撞之后头部先着地，颅内大出血，手术之后还没有脱离生命危险。

高迪想去重症病房看看女朋友，但在麻醉药物的作用下，怎样都站不起来。他像个疯子一样，声嘶力竭地喊着女朋友的名字。他有一种强烈的直觉，这辈子再也见不到她了。可是，家人都以为他把脑袋撞坏了，不仅不让他去看女朋友，还让大夫给他注射镇静剂，让他安静下来。

近一个月的时间里，高迪大部分时间都处于昏睡状态。女朋友则被判定为脑死亡，靠着呼吸机勉强维持着一口气，每天需要花掉上万元的医疗费。肇事司机一看这是个无底洞，就和女孩家属提出私了。司机声泪俱下地道歉，愿意赔偿比走正常程序多一倍的赔偿金，唯一的条件就是撤掉呼吸机，停止抢救。

女孩的父母权衡之后，竟然同意和肇事司机和解。赔偿款到账的当天下午，呼吸机停止运转，女孩撒手人寰。此时，高迪依然在镇静剂的作用下昏迷不醒，毫不知情。如他所预感的一样，他最终没能见到女孩最后一面。

当医生告诉高迪女孩的死讯时，他出人意料地没有任何反应，只是死死地盯住了天花板，像是灵魂出窍了一样。他不再大喊大叫，甚至不吃不喝。

女孩出殡那天，高迪挣扎着要去参加葬礼，他父母不同意，于是高迪就死命咬住自己的舌头，血水顺着嘴角汩汩地流下来。所有人都吓坏了，把他摁在床上，撬开他的嘴巴，高迪的舌头上也因此留下了一条很深的伤口。

等高迪赶到殡仪馆，女朋友已经被推进了炼炉。曾经那么鲜活的一个人，不过十几分钟的工夫就烧成了一堆白骨。大块儿装不进骨灰盒，只能用棍子敲碎。高迪就那么远远地看着，心和女朋友一起碎成了粉末。

就从那一刻开始，他对美好生活的希冀全部破灭了，他觉得自己的灵魂也随女朋友一起飞走了，参加这葬礼的不过是一具肉身。失去了灵魂，所以他哭不出来，不知道该怎样表达自己的悲伤，哀号或撕心裂肺地大叫，都做不到了。高迪想，唯一能够解脱的办法就是干掉自己。

火葬场的外面有一条狭窄的水渠，女孩父亲走到水渠边上，把骨灰一股脑地倒了进去。女朋友的母亲跪在水渠边上大声地哀号着。

高迪被这一幕惊呆了，他想阻止，可是根本来不及了。他从轮椅上滚落到地上，挣扎着往水渠的方向爬，父亲拉他，他执拗地在地上扭动着身体，满脸都是土和泥巴。女朋友的骨灰竟然被倒进了臭水沟，高迪不明白女孩的父母为什么要这么做，他趴在地上失声痛哭起来。

后来，水渠边上的人渐渐散去，高迪的父亲用矿泉水瓶子装了满满一瓶水，递给儿子。高迪把瓶子紧紧地抱在怀里，失声痛哭。

高迪在医院躺了整整三个月，左腿彻底残废。他并不在意这件事，因为他想要干掉自己。反正早晚要死，一条废腿又算得了什么。

"她家人为什么要把骨灰倒进臭水沟里？"刘瞳知道这么问很煞风景，但还是忍不住问了。

"因为他们相信，枉死的人要葬在河里，只有这样灵魂才能得以解脱，才不会再回来连累家人。"

刘瞳没想到现在还有这么愚昧的陋习，一时之间不知道怎么往下接茬儿。

过了一会儿，高迪从挎包里拿出一个矿泉水瓶，里面的水看起来十分浑浊。

"喏，这就是我女朋友，她叫韩雪。"高迪郑重其事地介绍道。

"Hi，我是刘瞳，很高兴认识你。"刘瞳对着水瓶做了个握手的姿势。

03#

　　高迪出院之后收到了法院的传票，韩雪的父母认为，高迪对女儿的死负有连带责任，于是把他连同肇事车主一起告上法庭。

　　肇事司机本以为赔钱这事就算了结了，谁知道韩雪的父母对赔偿金额提出了异议，因为根据交警最新提供的证据，肇事司机涉嫌酒驾，韩雪的父母觉得钱赔少了。人死虽然不能复生，但赔偿费却是实打实的，是唯一可以缓解丧女之痛的安慰剂，当然是多多益善，于是他们又顺带连高迪一起都告了。

　　法庭上，韩雪的父母在原告席上声泪俱下地控诉着，非得要肇事司机和高迪一家给个说法。高迪的父母哭着求情说，自己儿子也是受害者，你们就别再逼他了。但韩雪的父母打定了主意，要把高迪获得的那部分赔偿金也要过来，因为他们觉得是高迪间接害死了韩雪，他不配拿到赔偿。

　　法院当然没有支持向高迪索赔的诉求。高迪觉得，一切都是自己的错，应该由自己去赎罪。于是他背着父母，用赔偿金加上之前的储蓄，凑了五十万元，送给了韩雪的父母。钱对于一个要死的人来说是一种负担，但如果能让韩雪的父母释怀，他也不至于走得不安心。

　　　　　　　　　　　　　{ 人长大了，开心都想哭 }

高迪把银行卡送到韩雪父母家，刚一开门，韩雪妈妈就破口大骂，骂他是个扫把星，害死了自己女儿。骂着不解气，干脆上来抽了高迪几个耳光。高迪跪在地上，任由她连打带骂地发泄着情绪。

韩雪妈妈哭着说："女儿没了，我们连个养老送终的人都没了，该死的人活得好好的，不该死的人却死了……"她把银行卡狠狠地捏在手上，说，"看见你就想起小雪枉死的样子，我们这辈子都不想再看到你这个丧门星了。一次性赔够我们钱，然后老死不相往来！"

除了卡里的钱，韩雪父母跟高迪又开口要了一百万元，高迪觉得这个要求一点儿都不过分。他给韩雪父母打了张欠条，承诺一年之内还清。

有了这个并不合理也不合法的契约，高迪没有办法立刻自行了断了。他要在一年之内赚够一百万元，让韩雪的父母老有所依，才有资格去死，这是他能为韩雪做的最后一件事儿。死刑立即执行，变成了缓刑一年，失去至爱的那种疼痛，还需要忍耐一段时间。

拖着一条残腿，很多工作都做不了，想要做生意也没有本钱，唯一会的一门手艺就是曾经学过美容美发。但想要靠这个赚钱，除非自己开店当老板，给人打工的话恐怕三年五载也赚不到一百万元。

一个偶然的机会，朋友家的泰迪狗想要剃毛，预约了一个上门的宠物美容师。那时候上门服务刚刚兴起，从事这个职业的人凤毛麟角，市场需求又很大，所以价格很高，给宠物做个美容动辄好几百块。

高迪自告奋勇地站在宠物美容师身边帮了半天忙，实则是在观察他的工作。他发现给狗剃毛和给人理发，从技术层面来说没有太大的区别，甚至要更简单一些。但是，给人剃个头顶多几十块，给狗做个美容，那得翻好几倍都不止。

高迪一想，这是一条门路，于是报名成为市场上第一批网络预约上门的宠物美容师之一。

疯狂地工作，赚钱，不是为了自己活得更好，而是为了能够早点去死，早点见到韩雪。高迪时时刻刻都保持着这样的信念，这让他没有那么悲痛，反倒是充满希望。

"我一天最多洗过十只猫、三条金毛，还给六只泰迪做了美容，从早上六点一直干到次日凌晨两点。"高迪掰着手指头算道。

"现在上门服务真是不得了，我看新闻说，上门做美甲的小妹月入七万，一度以为是假新闻呢。"刘瞳咂了咂嘴，表示震惊。

"每天工作十五个小时以上的话，月入七万不难。每天多洗几只大狗，多做几个美容，基本上就能达标了。"

"这么大的劳动强度，简直是在拿命换钱啊！"刘瞳感慨道，"那你挣到一百万了？"

高迪点了点头，如释重负："罪已经赎完了，所以我也没什么放不下的事儿了。"

"那个，如果今天可以不跳的话，我能不能预约你的宠物美容服务呢，我的猫也该洗澡了。"刘瞳突然冲他俏皮地笑了一下。

"不瞒你说，上来顶楼之前，我刚做完一单，就在那边的写

{人长大了，开心都想哭}

字楼里，洗了一只有点抑郁的小母猫，叫小花，我以为它是我的最后一位顾客了。"高迪用手指了指三里屯的方向。

"我家猫昨天偷偷跑出去了，今天早上回来弄得浑身脏兮兮的。我挺舍不得它的，至少帮它洗干净了，我再想一了百了的事儿吧。要不你就当帮我个忙，先跟我回家把猫洗了，我再送你上天台？"

"你家猫凶吗？"

"不凶，但是爱咬人！"

"那我要多收钱的。"

"多少钱都没问题！哎，不对，你一个预备要死的人了，还要钱有什么用？"

"没办法，金牛座，爱财如命，有钱不赚，容易死不瞑目。"

"还开上玩笑了，看来现在心情不错！"

"走吧，老板，最后一单！"

04#

"要不是遇到我，说不定你现在已经不在人世了吧？"刘瞳站在洗手间门口，一边看着高迪熟练地给猫涂满香波，一边打趣他。

"现在我也不一定是活着的啊，说不定你撞到鬼了。"高迪故意做出一个吓唬人的表情。

刘瞳才不接他这个茬儿。

"你就是我的摆渡人，临死之前认识你，你渡我一程，我做鬼也会好好感谢你的。"高迪一边把猫从洗手间里抱出来放在整理台上，一边扭过头去对刘瞳说话。

还没等刘瞳搭腔，那猫突然失控了，照着高迪的手狠狠地咬了一口，血立刻就流了出来。刘瞳吓得够呛，赶忙去找消毒水和创可贴。

高迪显然对这种意外事件习以为常了，他快速处理好伤口之后，就开始给小猫吹干。小猫吓得瑟瑟发抖，他一边轻轻抚摸小猫的脑袋，一边说着话："宝贝儿，乖，吹干了就不会生病了，再忍耐一下就好。"那猫就像能听懂他的话一样，本来又害怕又抗拒，渐渐地就安静下来，任凭高迪怎么弄都行。

吹了足足有半个多小时，猫又恢复成了那只干净雪白蓬松的小公主。高迪轻轻把猫放在地上，开始整理自己的工具。小物件一样一样地收进袋子里，按顺序排好。整理台反反复复地擦拭了好几遍，然后轻轻地折起来。拔掉吹风机的电源，一点一点地卷起电源线。

全都归置妥当了，刘瞳站在旁边看着，一言不发。

高迪说："一般这个时候，我应该说，'您的猫洗好了，如果满意请给我个好评'。今天这是最后一次了，还真有点儿舍不得。"

"要不要喝两杯？"刘瞳问道。

没等高迪表态，刘瞳就从冰箱里拿出了啤酒，两人席地而坐，喝了起来。

{ 人长大了，开心都想哭 }

05#

刘瞳突然想起，父亲从高楼跌落在地上的模样。他趴在地上，双腿摆出一个诡异的角度，眼睛睁着，身体并没有大量的血流出……跳楼真的是一种感觉不到疼痛的死法吗？

从父母去世的那天开始，刘瞳无数次动过自杀的念头。有一次连安眠药都买好了，准备和男朋友吃完最后一顿饭，当作告别。没想到在那顿饭的尾声，男朋友突然向她求婚，还没等她反应过来，婚戒就已经套在了无名指上。周围的看客欢呼雀跃，男朋友满脸幸福地等着她给个回答，她只能点头应允。

要不是王小强在那天求了婚，说不定刘瞳早就走上不归路了。其实何止是那一天，刘瞳前三十年的人生中，王小强似乎从来不曾缺席过。每当生命遇到重要转折，一回头就能看见他。父母发生意外的那一天，王小强也一直跟在自己身后。父母没了，王小强却形影不离，就像是爸妈派来的管家，一步不离地看着自己。只要她需要，王小强什么都肯为她做。每当她对生活失去信心，王小强总会有办法让她回心转意。

刘瞳偶尔也会觉得很烦，但王小强的锲而不舍慢慢地变成了一种习惯。

王小强是个完美的丈夫，他事业有成，温柔体贴，细心包容，什么事儿都能想到前头。可是，时间越久，刘瞳越觉得不对劲儿。王小强太完美了，完美到把所有事情都做到极致，他们两个甚至连架都没吵过，即使刘瞳故意挑衅，王小强也能马上使出对策化解危机，就像在经营一家公司。每次亲热的时候，王小强都无时无刻地关照着刘瞳的情绪，生怕哪里做得不对而让对方反感，以至于每次都让刘瞳丢了兴致。难以启齿的是，刘瞳从来没有在王小强那里获得过生理上的高潮，一次都没有。

一个人如果能对另外一个人毫无保留地好，那一定不是因为爱情，因为爱情绝对不是百分之百完美、毫无瑕疵的，爱情有好有坏，有甜蜜有争吵。一个男人全心全意地爱一个女人，就会变成一个没心没肺的小孩子，好的坏的展露无遗，而绝不是王小强这个样子。

刘瞳不确定自己有多爱王小强，但随着王小强的事业越来越忙碌，回家的时间越来越少，渐渐开始忽略自己的感受的时候，她变得焦躁不安，一股巨大的空虚感把她整个人吞没。但是，她从来不肯把内心的焦虑告诉王小强，她很怕自己因为过于依赖而失去自我。

直到有个年轻的同事开始大胆地追求她，生活在不知不觉间发生了微妙的变化。刚开始的时候，她害怕极了，生怕被人看出端倪，说三道四。然而，她内心又充满了好奇，期待着能有人给她不一样的东西，哪怕是丑陋的、不被世俗认可的东西，但至少它是真实炽烈的。

刘瞳试着和那个男孩接触，她渐渐发现了他身上有一股年轻男人特有的活力，并对这种活力着了迷。小男生带她去年轻人聚会的小酒吧，去胡同里看不知所云的实验话剧，参加在垃圾村里

{人长大了，开心都想哭}

举行的变装派对，在工体门口的小摊子上喝三块钱一瓶的北冰洋，喝完了杀进舞池随着强烈的音乐扭动身体。

刘瞳觉得这才是生活，自己一直以来被老王保护得太好了，竟然把本应放肆躁动的青春都给浪费了。

在男生跟人合住的出租屋里，刘瞳和他激烈亲吻。年轻的男人脱掉她的内裤，她甚至感受到了少女般的娇羞感，心里扑通扑通地狂跳不止。

然而过程进行得却不如预期那般顺利，她一闭上眼睛就看见老王在对自己微笑，于是所有的生理反应戛然而止。年轻男人遇到了前所未有的挑战，他使出浑身解数，身体下面的女人始终紧绷干涸，终究兴致全无，只好作罢。

就是在那一天，刘瞳第一次来到了顶楼。两个声音在脑海里发生了激烈的争吵，一个声音恶狠狠地说，做错了事就没法回头了，跳下去吧，跳下去就一了百了了。另一个声音明显是老王的，瞳，别闹了，快回家吧，无论你做了什么事情，我都会原谅你的，快回家。

生和死的距离不过是屁股往前再挪两寸。

刘瞳没有跳，她首先得让王小强死心。就这么跳下去了，自己是一了百了了，但是不知内情的王小强估计会背负一辈子的遗憾。不过，不要脸的老婆因为搞婚外情而负罪自杀，这个就另当别论了，王小强肯定会因此恨她，而恨一个人总是会渐渐淡忘的。

回到家里，刘瞳径直走进了卧室，王小强感觉到了她的异常。刘瞳不知道怎么开口，怎么开口都像个浑蛋。王小强从背后轻轻抱住了她，拨开她的头发，说："瞳，我们生个孩子吧。"

我们生个孩子吧，这话让刘瞳心底最后一道防线彻底崩溃。这个男人悉心呵护了自己这么多年，没有一点儿心机和算计，而自己却轻描淡写地背叛了他，连一丁点儿负罪感都没有。

刘瞳带着一个新认识的男人去了王小强经常去的餐厅，故意让他看见自己和别的男人卿卿我我，以这样的方式宣告出轨。

06#

刘瞳开车把高迪送回了大厦楼下。

"你想不想学宠物美容？"高迪指着自己的一套装备问刘瞳。

"这行当恐怕不好上手吧。"刘瞳摇了摇头。

"我要是教你的话，一个星期保准学会。"

"我不想学，我没你那么好的耐心。不过你要是想好了不死，我就每周预约你给我们家猫洗一次澡。"

高迪笑着摇了摇头。

两个人又回到了大厦的顶楼，坐在栏杆外面，晃着腿。

"《完全自杀手册》上说，百分之九十选择自杀的人都会在自杀进行过程中后悔，但是从四层以上的高度跳下来，根本来不及后悔，所以真正想自杀的人才会选择在这么高的地方跳下去。"高迪说道。

"所以这是个悖论，不跳下去就不知道会不会后悔，而跳下

{ 人长大了，开心都想哭 }

去之后，即使后悔也来不及了，是不是这样？"刘瞳问。

"所以，才会犹豫不决吧。"高迪耸了耸肩。

刘瞳歪着头看着楼下，突然一拍脑袋说："其实有办法，在跳下去之前就知道自己是否会后悔。"

"是什么？"

"不如我们再下去一次，反正时间还很多。"刘瞳提议。

于是两个人再次翻过栏杆，下楼。

在大厦的正前方，刘瞳用手比画着对高迪说："你躺下，这个位置刚好是你跳下来的地方。"

高迪躺在地上，刘瞳躺在他身边，两个人一起看着楼顶的方向。周围不时有行人路过，看见两个人躺在地上，有好事者围过来看热闹。刘瞳告诉他们今晚有狮子座流星雨，他们躺在这里是在等流星雨。围观的人越来越多，竟然也真的有人学着刘瞳和高迪的样子躺在地上等流星雨。

"哎，死的感觉怎么样？"刘瞳问高迪。

"不太好，如果真的跳下来了，也会被这么多人围观吧，跟看杂耍的一样。"高迪轻轻摇了摇头。

"我也觉得不好，这姿势不太舒服。"刘瞳补充道。

"不同的姿势落地，死法是不一样的，"高迪说，"想死得漂亮就不能头着地，脑袋摔碎了，是最恐怖的死法。最好的办法是腿先着地，或者胸部着地，这样既能保留下一张完整的脸，还不会出太多的血，但缺点是可能不会一下子死去，意识还能停留一阵子。"

"我肯定是想美美地死去，所以我选择屁股着地。但我屁股太大，会不会影响效果？"刘瞳问高迪。两人相继对视一眼，扑哧笑出了声。

聚拢过来的人越来越多，天上忽然闪过一颗硕大的流星，众人惊呼："流星雨来了，快许愿，快许愿！"还有人说："许完愿别忘记打一个结。"

高迪用自己帽衫的松紧绳打了个结，刘瞳问他许了什么愿望，高迪说："希望你能够幸福地活下去。"

刘瞳一下子湿润了眼眶，在高迪衣服的另一根松紧绳上也打了个结。刘瞳说："高迪，你做什么样的选择都好，但一定要原谅自己，这些并不是你的错。"

又一颗流星从天上掠过。

"高迪，我们都闭上眼睛好好再想想，如果就这么跳了，还有没有遗憾。"

两人闭上眼睛，周围欢呼声的频率越来越高，天上真的下起了流星雨。

不知道过了多久，周围渐渐安静了下来。刘瞳睁开眼睛，流星雨已经结束了，她知道自己的闹剧也该结束了。她拨通了王小强的号码，说，老王，我们俩彼此都是感激多过爱情，这样过一辈子不会幸福，你配得上更爱你的人，我们离婚吧。

刘瞳挂断了电话，本以为会后悔，会失落，没想到心里却是从未有过的轻松，就像卸掉了一个负重已久的包袱。

　　　　　　　　{ 人长大了，开心都想哭 }

她转头问高迪："怎么样，你想到不死的理由了吗？"

高迪睁开眼睛，看着漫天的星星说："我刚刚看见了我的女朋友，她一直在对我微笑，她说她不怪我，让我带着她的爱好好地活下去。她说，高迪，我一直看着你，永远也不会离开你。"

07#

我曾经想过一了百了，那是因为我遗失了你给我的温暖。我会带着你的微笑好好地活下去，不是因为别的，只是因为我爱你。

> 当我死的时候，我只需要是一个好人

"我要死了，不是明天，就是下个星期。"

谁也没把老王这话当回事儿。

死，老王曾经近在咫尺地经历过一回。

凌晨两点，三里屯的苹果旗舰店依然灯火通明。这个季节少见黄牛，每年的9月他们才会在此彻夜徘徊。街边上，给黑酒吧拉客的大龄妇女说一口标准的东北话，她们死命地拉住初来乍到的小鲜肉，想把他们拖到某个灯红酒绿的酒吧里，找个小老妹儿玩一玩。

"三里屯SOHO"几个大字挂在南边的高楼上，代替了月亮，照着躺在路边的、等着被捡回家的、喝大了的姑娘、小伙儿们。

"懂得分寸的姑娘才是好姑娘。"看着躺在马路牙子上，被裙子蒙头的某位靓女，我忍不住说道。

"你这是站着说话不腰疼，姑娘要是没点儿心事，能把自己喝成这样，她爸妈看见，得多伤心。"小二黑操着一口蹩脚的京片子，蹲下去把姑娘的裙子拉下来，帮她摆了个舒服点儿的姿势。

一个黑人蹲在一个醉酒的姑娘旁边，很快吸引来了一群保安。小二黑立刻举起双手做投降状，小心地往旁边挪着步子，用极其谄媚的语气说："这姑娘，喝多了，你们来了就交给你们吧，伟大的人民保安。"

保安个个一脸正气地瞪着小二黑，仿佛他就是失踪了多年的犯罪分子、人民公敌加淫魔。

见到此种情形，我和老王带着满脸的假笑给保安解释，这孩

{人长大了，开心都想哭}

子就是黑点儿，不是坏人，边说边夹着小二黑往胡同里面撤退。

等坐到了常去的麻辣烫摊子边上，小二黑还是有点儿愤愤，说："不知道你们接受的都是什么教育，看见黑人就想到犯罪，而且还是犯那样低级的罪。我信主的好不好，婚前性行为才是犯罪！"

我和老王都在想着各自的心事儿，懒得理他。

"这可能是我这辈子的最后一杯酒了。"老王沮丧地说。

"不就是脂肪肝、肝硬化什么的吗！"我说，"别搞得像生离死别似的。"

"嗯，我也算没什么遗憾了。"老王语气突然放松了下来。

"你要死了，能不能把你的Q7送给我。"小二黑半开玩笑地说。

"你们想要什么，尽管说，现在钱对我来说是最没用的东西了。"

"那姑娘呢，也说放就放下了？"我撇了撇嘴。

老王眼圈泛红，沉默了好一会儿，说："也只能这样了，该做的都做了。我现在能为她做的最后一件事，就是从她的生活中静静地消失。"

"哪有那么容易的事情，你就这么消失了，其实是害了那姑娘，这世上再也不会有一个人会对她这么好了，你让她怎么受得了啊。"

"我倒是不介意她忘了我。"

把每一件事都做到极致，是老王的人生信条。他是那种对自己特别有规划的人，二十五岁博士毕业，二十八岁就做到了世界 500 强企业的高管。三十三岁创业，一年后卖掉公司套现，三十五岁二次创业，也就是他现在的公司，据说已经有人出巨资收购。

一周前，老王体检被查出肝功能异常。他本以为只是脂肪肝，谁知道到医院复查，查出肝部有病变，立刻做了切片。最终的结果要一周才能出来。

老王查了很多资料，最终得出的结论恐怕不容乐观。肝癌，这种东西，查出来就是晚期，死亡率极高。

天亮之后，老王就要到医院取结果。是死是活，也就剩下这最后的几个小时了。

死，这件事儿其实并不可怕，可怕的是突然知道了终点就在眼前，却有那么多事儿都还没来得及做。来不及做的可以不做了，但那些做了一半的要半途而废，这让老王无法释怀。

减了又减，放不下的只剩下三件事儿，前妻、父母，还有那个追求了几年的女孩。

该给的得给，该还的得还，依依不舍也得狠下心来说声再见。

如果一个人死了，那么其他人关于他的记忆就会自动消失，知道自己快要死了的人可能会少了许多负担。

至少老王是这么认为的。

前妻

　　如果那一天不是闷热到让人烦躁异常，也许那场悲剧就不会发生。如果那场大雨能够下得再晚一点儿，如果老王能够早一点儿带刘瞳回家，刘瞳也许就不会变成孤儿，那么老王和她的故事或许会变成一场没有结果的早恋，而不会变成如此纠结的爱情悲剧。

　　7月里的一天，暴雨将至，空气闷热，整个世界像一个巨大的巧克力布丁，浑浊不堪。自习课上，老王给刘瞳写了张纸条，那是老王人生中作出的第一个重要的决定。没想到刘瞳看都不看就把纸条给撕掉了，还很生气地从后排走到前排，把纸条狠狠地扔到了垃圾桶里。同学们都心照不宣地回头看老王，老王的第一次表白以羞愧难当作为收场。

　　放学路上，老王堵住刘瞳想要问个明白，刘瞳正眼都不瞧老王一眼，自顾自地走开了，老王只好在后面跟着。

　　老王不知道刘瞳为什么不往家里走，只能一路跟着。

　　就这样，一个人在前面走，另一个人在后面跟着。老王说这像极了一部欧洲文艺片，在那样的电影里，男女主角都是这样谈恋爱的。

　　天越来越黑，白天变成了黑夜，大雨如约而至。

　　老王和刘瞳只能躲在路边的公交站台里避雨。

　　雨越下越大，整个世界只能听见雨声和老王的心跳声。在往后的岁月里，老王无数次地说起自己的初恋，总是描绘两个人一起躲雨的画面。他说他想找高更来画这幅画，多少钱他都愿意给，只有高更能够画得出雨中初恋那种炽热和强烈的色彩。可惜高更早就已经驾鹤西去，这幅画没人能够画得出了。

在老王和刘瞳被困在大雨中的时候，刘瞳的父亲用一把水果刀刺进了刘瞳母亲的心脏，然后他决绝地从六楼一跃而下，连句遗言都没留下。

一场大雨，让刘瞳变成了孤儿，老王成了世界上唯一一个愿意亲近她的人。对此刘瞳一直心存感激，即使多年之后他们的婚姻走向解体，她也把老王当成是唯一的亲人。

大学毕业那年，老王向刘瞳提出结婚，刘瞳没有理由拒绝，于是两个人到民政局扯了结婚证。

婚后刘瞳考上了公务员，老王在念书的同时也接一些私活，生活平淡而富足。

老王博士毕业之后进入世界 500 强企业，凭着努力和天分快速晋升的同时，工作量也呈几何级数增长。回家成了奢侈，待在飞机上的时间都比待在床上的时间长。

刘瞳并不抱怨，依然按照自己的节奏生活。老王不以为意，把大部分的精力都投在了事业上。三年左右，老王就做到了公司高管。

其实，老王并不懂得朝九晚五的生活是什么样的，他例行公事般地照顾着刘瞳的生活，却鲜少过问刘瞳在做些什么。直到有一天，陪客户吃饭的时候，撞见了刘瞳和另外一个男人在一起。

老王突然感觉自己就像当年那张纸条一样，被刘瞳狠狠地扔进了垃圾桶里，他的人生猛烈地战栗了一下。

老王去找了那个男人，他真想狠狠抽那男人几个耳光，但见了面之后却打消了这样的念头。男人说，刘瞳只是和他玩玩而已，并没有当真。

那男人是一家美发沙龙的老板，已婚，有一个小孩。除了穿衣打扮很时尚，老王找不出这男人身上任何一个比自己强的地方。他不明白，妻子为什么会选择和这样一个举手投足都很娘炮的男人在一起。来的路上老王一直攥紧拳头，心想今天不是狠狠揍他一顿，就是被那男人狠狠揍一顿。但现在看来，这想法显得有点儿多余。

那男人对老王说："真羡慕你，有个这么好的女人。"

老王无数次回味这句话的意味，忽然发现关于刘瞳的"好"，自己知道得并不多。一想到别的男人那样细细地鉴赏过自己的女人，不由得心生妒忌。

后来刘瞳和老王说，那个男人其实很糟糕，找到他纯粹是巧合，只因为他是个有时间的男人而已，没有老王想的那么复杂。寂寞这种东西容易让人犯错。

巧合，又是巧合，就像不早不晚偏得要在刘瞳父母出事那天，写了那张纸条跟她表白一样。

刘瞳并没有隐瞒，这个男人不是第一个，只不过是老王撞见的第一个而已。她说她只是不喜欢一个人，想要有个人陪着，哪怕只是聊聊天。可是，这么简单的事情老王却做不到。

离婚那天，气象台发布了暴雨警报。两个人在民政局办离婚手续，两个小绿本子摆在桌子上，工作人员拿起钢印看了看两个人，问："想好了吧？"

没等两个人回答，章就盖下去了，想要反悔也来不及了。

"哐哐"两声，宣判死刑，两人接过各自的小绿本，外面狂风大作，一场暴雨终于绷不住了。

老王送刘瞳回家，雨越下越猛，开到广渠门桥下的时候车熄火了。水涨得很快，车里也进了许多水。前面的车很快就没了顶儿，没看见有人出来。

车门怎么推也推不开，老王急了开始找东西砸车窗，手机、打火机，用拳头砸、用脚使劲蹬，窗户就是纹丝不动。老王开始慌了，心想，这两条命就交待在这儿了。

刘瞳紧紧握住老王的手，说："老王，看来咱俩够呛了，有些话本来不想说了，你是我这个世界上唯一的亲人，是我对不起你，临死了还得拉着你一块儿。看来老天是不想让咱俩分开。"

老王一下子冷静了下来，他摸摸自己的脑门，对刘瞳说："瞳，你不能死。你父母的死不是你的错。你这么好，肯定会有人比我更懂得珍惜你的，我拼了这条命也得让你活，我知道你对我感激多过于爱。记住，人活着总得痛痛快快地去爱一回。不要留下遗憾！"

说完，老王开始用头撞车窗，他记得有人说过额头是人身体上最硬的部位，即使是假的他也要试一试。

一下、两下、三下……

头怎么可能撞开车窗呢，伟大的人民消防队员在最后一分钟把两个人从车里拽了出来。

老王昏迷了整整一个星期，他和刘瞳都死里逃生。

婚姻解体，大难不死，两个人似乎都短暂走过了人生的轮回，开始了所谓的新生。

出院后，老王辞去了高管的工作，自己创业，公司做得有声有色。他也开始试着享受慢下来的生活。

刘瞳谈过几次恋爱，但结果都不如人意。再次见到刘瞳，我和小二黑陪着老王参加她的婚礼。据说刘瞳和那个男人只认识了一个星期就闪婚了。

婚礼上，老王有点儿黯然，只是闷头喝酒，新娘洋溢着满脸的幸福。老王的黯然不是因为前妻再婚，而是因为他的情路不顺，他喜欢上了一个年轻姑娘，但姑娘的态度一直暧昧。

婚宴结束，我们到三里屯麻辣烫摊上继续鬼混。老王说起广渠门的生死时刻，说道："我拼了命地想要活，不只是想着让刘瞳好好爱一回，我他妈的自己也想轰轰烈烈爱一次。我这一腔热血，全都想扑在一个姑娘身上。"

"谁要是让你看上了，也挺倒霉的。"我笑着说。

"我躲你远点儿，别喷我一身血。都快 40 岁的人了，怎么那么矫情，恶不恶心。"说罢，小二黑假装要躲到摊子的另一头。

刘瞳过得并不幸福，老王对此一直忧心忡忡，却也无能为力。

就在老王查出身体有异常之前，刘瞳的丈夫投资失败，欠下了一大笔钱，几乎陷入绝境。

在得知有可能身患绝症之后，老王在公司收购合同上签了字，正式成为无业游民。

他用刘瞳的名字注册了一家出版公司。公司虽然不大，但正常运营起来之后，足够刘瞳生活，前提是她要努力学习和经营。

刘瞳能够生活得幸福，是老王第一个想要完成的心愿。

但幸福这件事儿永远都只能靠自己，谁也帮不了谁。

父母

"爱记忆中的人很容易，难的是当他们出现在你身边，出现在你面前时，你仍然爱他们。"老王如是说。

这话你得有切身感受，要不然容易摸不着边际。

比如说老王，每当遇到不顺心的事儿，他必定会做两个同样的梦。

在第一个梦里，他总会梦见刘瞳接过他写的纸条，然后狠狠地扔进一个巨大的垃圾桶里。可怕的是那个吃了情书的垃圾桶会越变越大，把所有人都吞进肚子里。更可怕的是，垃圾桶说什么也不肯把他吞进去，全世界就只留下他一个人，于是他号啕大哭。

总会有人在他哭到绝望的时候把他摇醒，把他从梦中叫醒的人当然是刘瞳。每次他睁开眼睛看见刘瞳就在自己身边，一下子就会觉得这世界特别美好。他就紧紧抱着刘瞳沉沉睡去，所有的焦虑和纠结一下子都烟消云散。第二天，那些不顺遂的事情也都简简单单地迎刃而解了。

　　这个梦，从刘瞳出轨后，老王就不怎么做了，即使偶然这梦刚有些迹象，老王也会强迫自己赶紧从梦中清醒过来，不任由其继续发展下去。

　　在第二个梦里，老王穿越回自己的童年。那个时候父母刚刚离婚，两个人分得极其惨烈。老王被迫生活在一种悲凉的氛围当中。有天早上，老王光着屁股爬起来准备去上学，找来找去竟然找不到一件能穿的衣服。于是他大喊，妈、妈！快给我找件衣服，上学要迟到了。可是怎么喊都没有回应。

　　于是他推开父母卧室的房门，看见父亲倒在地板上，几乎被绿色的啤酒瓶子给淹没了。

　　老王摇醒父亲，说："爸，给我找件衣服，我要迟到了。"

　　父亲狠狠抽了老王一个嘴巴，带着满嘴的酒气大声吼道："滚出去，去找你那个下贱的妈。"

　　于是老王就哭，光着屁股无助地哭。他站在窗户前，看着同学们往学校走，自己却光溜溜的无能为力。

　　多少年以来，有很多负面的情绪来自于这样的画面，这似乎成为了父母不爱自己的直接证据，一个凭空消失，一个不闻不问。

老王一个人睡的时候容易做这样的梦，梦醒之后就很难入眠了。他不得不绞尽脑汁地找到一些证据，证明自己并不缺少父爱或者母爱，以此消解噩梦带来的负面情绪。

　　是有这样一个片段的。

　　那年老王考上了大学，要到外地去读书。临行前，父亲办桌庆祝，一方面给老王送行，另一方面也想在亲戚朋友面前显摆显摆。那一次父亲喝了很多酒，却奇迹般地没有醉倒。

　　回家的路上，父亲一直牵着老王的手，一路走，一路沉默不语。走着走着，老王感觉自己在慢慢变小，从一个毛头小伙子，变成了那个光屁股的无助小孩。

　　一路从天亮走到了黄昏，当金黄色笼罩了整个世界，父亲突然一屁股坐在了路边。

　　老王盯着夕阳出神，却听见父亲在一旁啜泣。

　　老王想要安慰几句，却不知如何开口。

　　这个一辈子没掉过眼泪的中年男人，竟然也抵不过离别带来的伤感。

　　老王说，一直想找个画家把这个场景画下来，这样就不用每次都费心回想，到底哪段回忆证明了父亲是爱自己的。

　　他认为最适合画这幅画的人应该是凡·高，那种绚丽的金黄色，以及绚丽色彩之后的悲伤情绪，只有凡·高才画得出。

　　可惜连凡·高自己都说过，人是无法把告别画出来的。

　　在预知自己有可能不久于人世之后，老王快速地反思了一下

　　　　　　　　　　　　{ 人长大了，开心都想哭 }

自己这一生做过的每一件事儿。尤其是近几年，在很多无用的事情上花了太多心思，比如为了投姑娘所好，跑到法国去学做正宗的舒芙蕾。

眼看着就要被宣判死刑，老王突然觉得一切都很可笑。自己竟然从来没想过为父母做点儿什么，只因为他不确定父母是否爱自己，是否需要自己的爱。即使他想当然地找出许多父母爱自己的理由，自己爱父母的证据，但这爱该如何表达？

爱记忆中的人很容易，难的是当他们出现在你身边，出现在你面前时，你仍然爱他们。

他想，要是临死前一家人能拍一张全家福该多好，这是他想带进棺材的唯一一样东西。

老王先回到了母亲那里，到家时母亲正在看电视台重播的《血色浪漫》，看得两眼放光，老王和母亲简单聊了几句剧情。

晚上吃饭，母亲做了几样老王爱吃的菜，红烧排骨、肉末豆角、麻婆豆腐、尖椒豆皮。母亲做菜的时候，老王一直在厨房看着，时不时拿出小本子记一下。

每一样菜，老王都只吃了一点儿。母亲不太开心，老王说自己不太饿，吃不完可以打包带走。

饭后，老王问母亲想不想学用微信，母亲很感兴趣，老王给母亲的手机安装了微信客户端。

讲了几遍，母亲还是不大记得住，于是他找了张纸，把使用的步骤写了下来。

写好一份，他又按照原样写了第二份。

从母亲家出来，老王又来到父亲家里。8点多了，老王父亲的饭桌上只有一碟子油炸花生米和半瓶啤酒。

老王拿出从母亲家打包的菜，摆上桌。一人一杯酒，爷俩面对面而坐，并不多说什么。

父亲的手有点儿抖，夹了一筷子肉末豆角放进嘴里。吃着吃着，好像想起了什么，眼圈有点儿泛红。

"好吃吧？"老王问。

"哪家饭店买的？"父亲点了点头。

"我自己做的。"老王谎称。

"不像。"父亲有点迟疑。

老王拿出做菜的步骤递给父亲。

"都写下来了，"老王说，"别老是糊弄，没事儿也给自己做点菜什么的，不难。"

父亲摇了摇头，不再说什么，像是发现了珍宝一样，仔细地品味着每一口菜的味道。

即使过了这么多年，父亲依然忘不了母亲饭菜的味道。不知道这味道对于父亲来说，到底是幸福还是痛苦。

饭后，老王打开电视，转到放《血色浪漫》的那个频道，和父亲一起坐在沙发上看。

老王有一搭没一搭地和父亲聊起了剧情，父亲对此剧的观点竟然和母亲的看法差不多，要是他们两个人坐一起聊一聊，肯定有点意思。

{ 人长大了，开心都想哭 }

虽然不生活在一起，但他们却在看同一部电视剧，过着差不多孤独的生活，同一个儿子是他们唯一的联系。他们一起生活过那么多年，彼此那么了解，却要老死不相往来，这家事远比表面看起来的要悲哀得多。

老王给父亲的手机安装了微信，并为他添加了两个好友，一个是自己，另一个是母亲。使用方法是老王在母亲家里写好的。

虽然有点儿不耐烦，但父亲很快也学会了如何和儿子用手机聊天。至于另一位还不能暴露身份的好友，老王谎称是一位邻居，和父亲年龄相仿，也酷爱钟跃民，没事儿可以聊一聊。当然想学做菜什么的也可以。

"你这么干有点儿缺德吧。"我问老王。

"骗自己父母顶多是不孝，算不上缺德。"老王咧着嘴笑。

"他们聊上了吗？"

"我还没来得及问。不过现在两个人应该都在马尔代夫了。同一个老年旅行团。"

给父母提供另一种可能，是老王解决的第二件心事。

但幸福这件事儿，只能走一步算一步，顺坡下驴总比逆水行舟要好得多。

女孩

老王，对这个女孩着了魔。

女孩皮肤白皙，高高瘦瘦的，说话嗲声嗲气，微浓妆，二十出头，喜欢自拍，朋友圈和微博上大量的自拍照，一会儿像杨幂，一会儿像范冰冰。哦，应该说白天像杨幂，临睡前像范冰冰。

人人都说老王是老牛吃嫩草，老王却坚信自己是真爱。

按常理推论，老王这种多金男对年轻的女孩有着致命的吸引力。

可惜女孩家境优越，美国名牌大学经济学毕业，老王终究还是差点儿意思。

自从下定决心要追求人家，老王就拿出了创业开公司的劲头。

姑娘喜欢什么，老王就做什么。大半夜姑娘说想吃碗热干面，老王连夜驱车赶到武汉，第二天一大早把面端到姑娘面前。姑娘说喜欢会音乐的男生，老王苦练吉他，每天十几个小时，手磨烂了好几遍。姑娘说喜欢电影，老王就到电影学院进修。姑娘说想要出书，老王就动用关系给姑娘出书，还让编辑假装是看中了姑娘的才华。姑娘心疼流浪猫，老王就把自己的房子给流浪猫住，现在老王家里住了二十多只流浪猫。

最极端的例子是这样的。

女孩在微博里说："赫本在电影里做舒芙蕾，人家也好想吃啊，多希望有人做给我吃。"

{ 人长大了，开心都想哭 }

老王看见立马就疯了，在家里研究了一个星期，体重暴涨十斤。

折磨自己就算了，还把我们一票朋友拉到家里去当小白鼠。

老王一个星期没洗澡，头发贴着脑袋，眼看着油就要滴下来，爆肥的肚子上系着一块沾满了面粉和蛋清的小围裙。

他用贪婪的眼光看着我们吃他做的舒芙蕾，两眼冒光。

我们刚咬下去一口，他就问："怎么样？怎么样？"

所有人都点头称赞，老王露出了胜利的淫笑。

突然角落里传出一个声音，说："味道是不错，可惜不够蓬松。不够蓬松怎么能叫舒芙蕾呢。"

这一句话让老王泄了气。

小二黑气愤地说："谁啊，怎么这么缺心眼啊，多好吃啊。"

一大群人被老王连踢带踹地赶出了家门。

两个星期以后，老王又把大家伙儿召集到一块儿。这一次，老王穿着大厨的白色制服，戴着法国厨师那种高高的帽子。大家伙儿都被这阵仗吓得够呛，老王倒是显得很从容。安排大家依次入座，每个人面前都有一个不锈钢罩子盖着的盘子。

老王微笑着为每一个人揭开面前的盖子，郑重得像是在吃法国国宴。

一口吃下去，所有人都泪流满面，好吃到炸裂！

这两个星期，老王跑到了法国，在蓝带厨艺学校整整学了半个月。

看到所有人都泣不成声，老王露出了死而无憾的微笑。

我们想当然地认为，任何一个有良知的姑娘吃过老王做的舒芙蕾，都会立刻爱上他，而且是爱得死去活来的那一种。

当天晚上，老王带着自己做的甜点，请姑娘在一家米其林餐厅吃饭。

氛围好极了。老王带着满满的自信，打开包着舒芙蕾的小盒子，推到姑娘面前。

老王说："你尝尝看，合不合心意。"

姑娘看着老王，眼含泪光，欲言又止。

老王赶紧说："不急，吃了再说，我们有的是时间。"

在老王热切的注视下，姑娘拿起舒芙蕾，嘴唇微张，准备咬下那一口。

这一口下去，也许她真的就无可救药地爱上老王了。

可是姑娘又把舒芙蕾放下了。

姑娘看着老王一字一句地说："老王，你为我做这些事情，我真的很感动，你是个好人。"

老王："我只是想让你——"

姑娘打断了他的话，大声地说："你太胖了，我讨厌胖子。而且你越来越胖。"

说完，姑娘流着眼泪夺门而出，只留下了这温馨氛围中的老王和那块精致的舒芙蕾。

胖成了老王被姑娘拒绝的一个啼笑皆非的理由，更成了他不可弥补的缺陷。他可以夜奔几百公里去买一碗热干面，他可以拼

　　　　　　　　{ 人长大了，开心都想哭 }

命地练习吉他，他可以耐着性子学习枯燥的电影理论，他可以忍着恶臭给二十多只猫铲屎，他可以动用各种关系给姑娘出书，他可以花巨资跑到法国去学做舒芙蕾……但是，他从来没想过姑娘竟然喜欢瘦子，多么简单直白的标准，可惜老王没有。

胖成为打败他的终极大招，本来他只是微胖，但舒芙蕾让他变成了真胖，对此他显得无能为力。

减肥，成了他最后的抵抗，不成功便成人之美，让姑娘旁落他人。他拖着沉重的肉身，开始了生命中最为惨烈的一次修行。

他跑，从一百到一千米用了整整三个月的时间，体重不减反增，但他不放弃，继续跑。

跑、跑、跑，拼命地跑，风霜雨雪、沙尘暴，北京马拉松第一次跑进四小时，厦门马拉松三小时四十五分钟，波士顿马拉松跑进前二百名……

女孩，也在不停地相亲，见了各种人，与各种人尝试着交往，但他们没有一个人像老王。女孩又一次对老王说："你是底线了，好不好，我怎么可能找一个比你还差的。"

老王笑而不语，这句话让老王看到了些许的希望。老王已经把事情做到了极致，怎么可能有人做得比老王还要好。

老王真的瘦了，长跑运动员那种瘦。成功在望，肝却出了问题，医生说过度运动是会伤肝的。不管成因如何，老王都觉得这是老天故意开的一个玩笑。他那么努力地想要姑娘爱上他，最终却搞坏了自己的身体。

帮助前妻解决了生计问题，安排父母破镜重圆，而苦苦追求的姑娘，最好的结局就是放弃，这倒是非常简单，反正姑娘永远不会主动找老王的，只要自动消失就好了。

老王还是去见了姑娘一面，还是那家米其林餐厅。

那天晚上姑娘说了很多，老王有点儿心不在焉。

他想，我不介意你就这样忘了我。

"什么时候，做舒芙蕾给我吃啊。"姑娘突然说。

"什么时候都可以啊，你知道我一直都随叫随到的。"

老王第一次对女孩说了谎。其实他想说一句，我爱你，但终究还是咽了回去。对于他来说，随叫随到就是我爱你，可对于女孩来说，随叫随到只是一种不太容易戒掉的坏习惯。

后来女孩有几次打电话过来，老王都刻意不接，他想她很快就会把他给忘了。

凌晨三点，街边上出租车比人多。

热情散尽，一切都开始冷却。

除了麻辣烫锅里眼看着要被烧干了的汤底冒着垂死挣扎的气泡，谁也没有力气再和谁说一句告别。

老王的故事在凌晨就要有一个确切的结果了。

忽然街角传来一阵喧哗，一个穿着婚纱的姑娘跑过人群，人们要么赶快躲闪，要么驻足观望，只有扫地的阿姨不以为意，这种场面她见多了，要么是拍戏，要么是发疯，三里屯最不缺少的

　　　　　　　　　　　　{人长大了，开心都想哭}

就是各种怪物。

　　姑娘一路跑到麻辣烫摊子前，直勾勾地看着老王。

　　老王吓了一跳，赶紧站起来抹抹嘴。

　　姑娘大声喊："王小强，你能跑到哪里去，就算死你也要和我死在一起！

　　"王小强，你他妈的愿意娶我吗？"

03

> 老牛的火焰龙

{ 人 长 大 了 ， 开 心 都 想 哭 }

01#

2005 年 11 月 29 日，一场暴风雪突然来袭。

我顶着大雪到家附近的超市买午饭吃，一进店就发现里面挤满了疯狂抢购食品的人。广播里反复播放着"由于暴风雪来袭，本店将提前结束营业"的通知。货架上的食品和矿泉水几乎被抢购一空，整个超市一片狼藉。这场面我只在惊悚电影《迷雾》中看过。

拎着两大袋食物走出超市时，外面已然是另外一个世界。

天色黑得发紫，狂风夹杂着大团大团的雪块狠狠地砸在路面上，背风处的积雪看起来已经超过半米厚。马路上的雪早已没过了脚踝，路上的汽车几乎都开不动了，公交车半天看不到一辆，所有的交通工具几近瘫痪。

从超市到家不过五分钟的路程，我顶着狂风在暴雪中足足跋涉了半个多小时。单元门被雪埋住了大半，我用尽最后一丝力气才爬进了楼道。直到打开家门，我才有一种死里逃生的感觉。

打开电视，CCTV 正在对这场突如其来的灾难进行现场直播。此刻，马路中间塞满了被遗弃的轿车，它们的主人都各自逃命去了。宾馆和酒店全部爆满，挤满了回不去家的人。有好心人打电话到电视台，说可以给路人免费提供避难的场所。当然也有特别执着的人，他们手挽着手在暴风雪中朝着家的方向以龟速前行，据说有人整整走了六个小时才走到家，这样动人的事迹很快就变成了

{ 人长大了，开心都想哭 }

电视台努力宣传的正能量。更加感人的是，有一位即将临盆的母亲，由于大雪被困在了路上，几名执勤的交警用担架抬着孕妇，小跑了两个小时赶到医院，最终母子平安。

我爷爷也在这一天突然晕厥。一家子人连拖带背地把他送到医院，经过一夜的抢救，老爷子依然处于昏迷状态。

大雪足足下了一天一夜。第二天早上，电视台和广播电台都在反复播送同一条信息——规劝昨天把车扔在路上的司机，尽快认领自己的车并开走。通过电视画面可以看到，城市的主干道上停着大量无人认领的汽车，特别像丧尸爆发人类灭绝之后的世界。

医院里，医生给爷爷做了全面检查，老爷子也渐渐从昏迷中苏醒。医生问他有没有觉得哪里不舒服，他指着自己的脑袋，说里面长了一颗瘤子。医生笑着安慰了爷爷几句，让他不要胡思乱想，便示意我们家属出来说话。

走廊上，医生告诉我们，所有的检查结果都显示老人根本没有重大疾病，脑瘤更是无从谈起，晕厥很可能是心理问题。医生建议爷爷留院观察一段时间，等他情绪好一点再出院。家里人排好值班表，开始轮流护理爷爷。

住院期间，爷爷的情绪一直都很低落，并开始陆陆续续地交代起后事，什么房子啦，存折啦，包括他养了三年的金毛狗笑笑的归宿也没落下。家里人都觉得老头子是在闹脾气，虽然不知道原因，但是总觉得老小孩不都得哄着，说不定过两天就好了。

谁知道爷爷的病情却一天天加重，有时候甚至连续几天都处于昏迷状态。来来回回做了好几次检查，人没少折腾，但就是找不到确切的病因。

有天下午，轮到我陪护，爷爷说想打个电话。他让我拨通之后，示意我离开病房到外面去等。我站在走廊里，隐隐约约听见病房里传来啜泣的声音。我偷偷打开门，从门缝里看见爷爷一边说话一边泪流满面。

我故意等到爷爷打完电话睡着了，才回到病房里。手机放在床边，我刚才拨的那个号码是归属哈尔滨的。

哈尔滨是爷爷的故乡，那里几乎已经没有他的亲人，只有一个女儿。这个女儿是爷爷和另外一个女人生的。

对于爷爷的这个女儿，我只有模糊的印象。隐约记得她小时候来过家里，不过奶奶非常不高兴，一度闹到了寻死的地步，全家人跟着没少过不消停的日子，劝了好久奶奶才肯翻篇。爷爷的那个女儿也没有再来过。

爷爷是个孤儿，从小被人收养，于是就给人家当了学徒兼童工，学习修理手表。爷爷人比较踏实，脑袋灵光，招人喜欢，很快就成了师傅的得意门生。一些基本的修理活计，师傅都放心交给他做，自己也乐得清闲。

师傅家有个女儿，和爷爷同岁，两个人一起长大，情同兄妹，但又比兄妹多一点儿爱慕。一直到了十八岁，爷爷提出想要娶师妹过门，师傅一开始坚决反对，但师妹态度非常坚决，两个人偷偷私订终身。

不久师妹怀孕，师傅暴怒，把爷爷吊起来狠狠打了一顿。但眼看着女儿的肚子一天天变大，师傅最终也不得不接受了这个事

{人长大了，开心都想哭}

实，但他和爷爷提出要明媒正娶，媒人、聘礼，一样都不能少，这是规矩，且结婚之后要自立门户，不能住在娘家。

爷爷不敢多说什么，只好样样应允，但终归在钱上面犯了难。师母心疼女儿，怕她还没过门肚子就大了被人说闲话，便偷偷地塞钱给爷爷，让他赶快把婚事办妥。

拿着师母给的钱，爷爷心里头始终觉得不是滋味，但事已至此，也只好先把婚事办了。于是他找媒人，买聘礼，买好了东西往家赶。路上看见有人在招工，说是修铁路。他上前去看热闹，人家问他去不去，他想都没想就说去。

话音刚落，几个当兵的就把他抓住，扔到了后面的一座破庙里。院子里一圈当兵的，手里拿着枪，地上蹲着几十个和爷爷一样的年轻小伙儿。爷爷一看情况不对，就想往外跑，当兵的一脚就把他踹倒在地上，一枪托砸下来，爷爷就什么都不知道了。

等他再醒过来的时候，发现人已经到了火车站。几十个当兵的，押着一群老百姓，有人趁乱想跑，一个当兵的对着那人的脑袋就是一枪，血溅得到处都是。

就这样爷爷成了苦力，不知道被拉到什么地方开始修铁路，一修就是好几年。由于爷爷有点儿手艺，常常给长官修点儿东西，得到了长官的赏识，后来便被长官带在身边，成了一名通信兵。

解放战争期间，爷爷所在的部队易帜变成了解放军，参加了解放全中国的几次重要战役。解放后，爷爷回到哈尔滨想要找到师傅一家，但由于战乱，师傅和师妹早已不知所终。后来，爷爷所在的部队挺进朝鲜，参加了抗美援朝。在一次战斗中爷爷负伤，从前线撤下来转业到一家工厂，成为一名技术工人。

　　虽然在战场上立过功，但由于成分和出身的问题，爷爷在厂里始终得不到重用。于是在组织的安排下，爷爷改了自己的民族，从赫哲族改成了汉族，并接受了组织安排的一位成分极好的女工做妻子，也就是我奶奶，这样爷爷才勉强评了一个工程师的职称。

　　"文革"中爷爷被调查，他隐瞒了在哈尔滨和师妹订婚的事情，这才和小资产阶级划清界限，逃过一劫。

　　对于过往，爷爷很少提及，直到爷爷的女儿找到家里，家里人才知道爷爷还有这么一段往事。

　　暴风雪那天，爷爷的女儿打来电话，说母亲去世了。师妹终身未嫁，爷爷出门去置办彩礼，她在家等他回来，这一等就等了整整六十年，直到死也没能把他给等回来。

　　爷爷想要去参加葬礼，但是奶奶坚决反对。爷爷让姑姑订了机票，可那天下了几十年一遇的暴风雪，所有的交通工具都瘫痪了。他再也见不到那个让他想了一辈子的师妹了。也是在那天爷爷病了，得了一种医生查不出来、也治不了的绝症。

　　爷爷坚信自己得了不治之症，他开始拒绝接受治疗，甚至开始绝食。他彻底放弃了想要活下去的希望，医生和家人的劝说没有任何作用。一天夜里，他用刀片割开了自己的手腕，左右各三下。幸好护士及时发现，自杀才没有成功。但爷爷的精神和身体一下子垮了下来，是一种由内而外的腐坏。

　　几天之后，爷爷走到了生命的尽头。临死之前，他一遍又一遍地、吃力地叫着师妹的名字，直到吐完最后一口气。他是那么

　　　　　　　　　　　　　　{ 人长大了，开心都想哭 }

急迫地想要去见她。

那条回家的路他用了一辈子的时间也没有走完，最后他放弃了，他要随她而去，在另外一个世界里好好爱她。

02#

坐在火焰龙酒吧外面的条凳上，我就着一瓶科罗娜啤酒说完了爷爷的故事。

此时，老牛的火焰龙酒吧里塞满了人，认识的、不认识的，黄皮肤的、黑皮肤的，男的、女的……

我们仨实在找不到落脚的地方，索性一屁股坐到酒吧外面。

最后一天营业，老牛的这家小酒吧明天就易主了。今天晚上所有的酒水都免费，随便喝。老牛说最好一滴也别剩下，过了十二点什么都是别人的了，连他自己也未必是自己的了。

老牛其实并不老，三十岁出头。谈不上历经沧桑，却也在江湖上行走了小二十年。他当过老板、干过传销、拉过皮条、跑过单帮，两年前开了这家酒吧，不为别的，只是为了兑现一个承诺。

为了这个承诺，老牛什么都干过，就是没碰过女人。最初，我们都以为老牛是在等待一个合适的时机准备出柜，后来才知道他是为了一个姑娘。老牛爱上过一个姑娘，姑娘说让老牛等她十年，老牛就真的等了她十年。

火焰龙对面的铺子每三个月换一次，唯一不变的是铺子旁边的公共厕所，以及厕所前面的公用条凳。就是在那条凳子上，女孩跟老牛约定，十年后的今天在这里见面。

　　今天是十年之约的最后一天。

　　老牛这辈子只爱过那个姑娘，一见钟情，一发不可收拾，一点儿余地都不留地追求人家，可姑娘就是不接受也不拒绝。老牛每次前进一步，姑娘就后退一步，老牛后退一步，姑娘又会给老牛尝一点儿甜头，就这样暧暧昧昧持续了两年多。最后，姑娘提出了一个非常老套的主意，十年后你未娶我未嫁就在一起。老牛乖乖地在原地等了十年，姑娘一直了无音信。

　　眼看就要过了十二点，整条酒吧街的人都跑到火焰龙里免费畅饮，但姑娘始终没有出现。其实老牛早就看开了，他的坚持早已成为一种惯性，是为了兑现当年的承诺。等你十年绝对不是胡乱吹牛逼，即使是，自己吹过的牛逼，他也坚持把它吹完了。

　　老牛说完了故事，气氛又陷入了沉默。

　　直到小罗打破沉寂问道："这世界上真的有人值得去爱一辈子吗？不爱身边的人，只爱一个影子？"

　　我想了想，说："每次谈恋爱，我都觉得会是一辈子，像我爷爷那种，但现在我连初恋长什么样都不记得了。即使现在有人告诉我她死了，我顶多难过一会儿，也就过去了。有的时候我们怀念过去，其实并不是怀念当时身边的人，而是怀念当时的岁月。"说完这些，我竟有种如释重负的感觉，一口气干掉了半瓶科罗娜。

　　老牛认真地摇了摇头："那是因为你们不够爱！反正我是坚

信，真爱一生只有一次。"

"老牛，你连恋爱都没谈过，何谈一生一世啊。"小罗撇了撇嘴。

"你们口中的爱太肤浅，对于我们来说，"他指了指我，又指了指自己说，"比如你爷爷，我。"

"你大爷，不带这么占便宜的啊！"我反射弧虽然慢，但还是听出来老牛这家伙故意占我便宜。

"你爷爷和我，我们这样的人，"老牛改口说道，"爱一个人对于我们来说，那话怎么说的，那人既是我的软肋，又是我的铠甲。如果不是拼了命地去爱一个人，我们也就不是自己了。爱上一个人就是一种宿命，是逃也逃不脱的宿命。"

"这世界上有那么多姑娘，你不爱，偏要去爱一个看不见摸不着的影子，这爱也太深奥玄妙了吧。"我拍了下老牛的肩，表示不解。

"不知道该如何描述，就像是卡尔·萨根的那条火焰龙，我没有办法证明它的存在，你看不见摸不着，但对于我来说，它就实实在在地活在我的生命当中，成为我生活的一部分。往俗了说，我对于这份爱的执着，已经变成了某种信仰。"

"你是说，你等的那位就是你的火焰龙？"

"差不多，"老牛说，"现在想来，当时我追求人家的时候确实有点儿用力过猛了。人家三番五次拒绝，我却不懂得适可而止。十年之约可能也是她被逼无奈才想出的主意，至少在相当长的一段时间里可以摆脱我的纠缠，不得不说还挺高招儿的。"老牛的嘴角竟然扬起了一丝难以觉察的微笑，不知道他是在笑姑娘智商高，还是在嘲笑自己的愚蠢。

"这不就是个笑话吗，谁先理谁谁就输了，其实就是闭嘴滚蛋的意思！"小罗带着嘲笑的语气说道。

"确实是有多远滚多远的意思，一年不够，直接滚到十年以后。"我继续补刀。

"刚开始我也这么认为，年轻时候吹的牛逼不应该当真的。可是每当发生什么事情，我总是会想起她的样子。"

大学毕业之后，老牛开始四处游荡，西藏、云南、青海，他常年流浪在文艺青年聚集的地方。路上的故事不少，旅行游记他出版过好几本，卖得都还不错，开酒吧的钱全部来自卖书的版税。关于他爱慕的那位姑娘，他很少提及，那是他的观音、妈祖、圣母玛利亚。

胡兰成的《今生今世》中有这么一段，日军飞机轰炸，所有人落荒而逃，炸弹在身边爆炸，胡兰成想自己这下算是交待了，于是他抱着脑袋蹲在地上，嘴里不停地喊着张爱玲的名字。是不是每个人在濒死状态下都会想起一个人来？那人不是观音、妈祖、圣母玛利亚，而是你急切需要的人，是你心里爱着的那个人。

2008 年汶川大地震，老牛刚好在汶川支教。那天下午，他正在给孩子们上课，突然世界开始天旋地转，剧烈摇晃，他还没来得及带着学生跑出去，房子就塌了。老牛被埋在废墟里，天花板被倒下的讲台给隔开了，他才捡了一条命，腿却被砖头死死地压住了。

老牛说当时他要是死了，肯定心有不甘。他把这辈子所有干

{ 人长大了，开心都想哭 }

过的和想要干的事情通通想了一遍，发现没有什么是放不下的，只有和姑娘的约定怕是无法兑现了，这是他最大的遗憾。他甚至幻想十年之后姑娘来赴约，一直等着他，他却没有出现，姑娘只好一边流泪一边默默地走远，直到背影消失不见。

埋在废墟下，老牛一遍一遍地默念姑娘的名字，想着姑娘的样子，疼痛和饥饿都能被十年之后再次相见的美好所抵消。他坚信自己能够活下去，只因为那承诺还没有兑现。

埋了整整三天，老牛被挖了出来。护士告诉老牛，他昏迷的时候一直在喊一个人的名字，老牛告诉护士说那人欠了自己很多钱，如果就这么走了，自己会死不瞑目。护士翻了个白眼，臀部注射也比平时扎得狠了许多。可能护士想听一个浪漫的故事，而老牛却讲了个不着调的笑话。

这种情况对于老牛来说真是太得心应手了，每当有姑娘试图靠近或者示好，老牛总是能想出一个让姑娘敬而远之的办法，他那虚无缥缈的十年之约成了他坚不可摧的铠甲，即使大多数人都认为那铠甲不过是等待打开的"柜子"，即使有人调侃他的性取向，他也从不否认。

那姑娘成了老牛的"火焰龙"，任何人都看不见，只能听他描述，即使所有人都不屑一顾，那龙却渐渐变成了一种虔诚的信仰，是老牛所有情感的寄托，甚至达到了一种偏执的状态。

有一次，老牛在街上看见了姑娘的背影，于是他横穿马路，翻越护栏去追那个背影。马路中间一辆小轿车超速行驶，等到车和人相互发现的时候已经来不及了，老牛下意识地跳起来，做出双手护头的动作。小轿车紧急制动，就在相撞的一瞬间，老牛竟然毫发无损地跳了过去。路面的监控拍下了这个惊险的场面，很快有网友把这段录像做成了GIF图在网上传播，老牛也得了个"躲闪哥"的诨号。微博上每当有"与死神擦肩而过"的动图合集，老牛这一段必定上榜。甚至在驾校里，这一段视频也被当成反面教材在课堂上播放。据老牛自己说，当时他以为自己死定了，就在即将撞车的一瞬间，时间仿佛静止了，他只能看见远处姑娘的背影，于是他就使劲往前跳，这才逃过一劫。那条"火焰龙"又救了他一命。

至此，他对十年之约这回事儿更加深信不疑，他认为姑娘肯定也和他一样有着坚定的信念，否则他不会三番五次死里逃生，化险为夷。在见她之前，无论如何他都不能死，这就是宿命。

十二点了，火焰龙里一片狼藉，所有人都喝得醉醺醺的，要么冲到舞池里群魔乱舞，要么倒在桌子上不省人事，没有一个人是清醒的。

人来人往之间，老牛等的那个人始终没有出现。

"还等吗？"我和小罗不约而同地问道。

"其实，我早就没在等了，那个人一直在这里，足够了。"老牛戳了戳自己的心窝子。

"你知道徐志摩是怎么死的吗？"我问老牛。

"死在了去找林徽因的路上。"

"张幼仪对徐志摩那么好，他却固执地喜欢林徽因，连死都是为了去找她，值得吗？他只不过是林徽因众多男性朋友中的一个而已！"小罗每每说到林徽因的感情纠葛就咬牙切齿，好像跟她有什么关系似的。

"我爷爷没有见到他师妹，胡兰成没和张爱玲白头到老，徐志摩死在了去见林徽因的路上，老牛十年之后并没有等到心爱的姑娘。这世界上有一种爱，叫作无疾而终，如果这也能叫作爱的话。"我说得略心酸。

"所有的心酸都来自于不对等的爱，得不到的爱会让人留恋不已，但这也是不幸福的根源。如果爱是这个样子，我宁愿永远都不会经历这样的爱情。"小罗郑重其事地说道。

03#

小罗说她永远都不想经历虚无缥缈的爱情，有些人喜欢轰轰烈烈，而她觉得能平平淡淡地过一辈子才是爱情的最高境界。

"就像我的姥姥和姥爷，他们吵吵闹闹了一辈子，却始终不离不弃。"小罗的眼前，那些攒动的人潮，灯红酒绿，仿佛全都不存在了。她用从未有过的平静的语气，给我们讲了一段姥爷的故事。

2009 年 11 月 1 日，北京下起了入冬以来的第一场大雪。天气预报说这是近二十年以来下得最早的一场初雪。气象台总喜欢这么说，二十年以来最早、五十年不遇之类的。

昨天晚上突然梦见了姥爷，我告诉他我失恋了，然后像个孩子似的放声痛哭。姥爷给我擦眼泪，轻抚我的后背安慰我，就像小的时候一样。小时候我犯了错误，总会第一时间告诉姥爷，因为姥爷会帮我解决问题，不会像父母一样只知道责骂我。

男友毅然决然地离开我，我没掉一滴眼泪。梦里见到姥爷，我却忍不住大哭了一场。

早上起床，看到窗外的世界都白了。我出生在南方，南方的冬天很少下这么大的雪，漫天的风雪让我产生了一种疏离的伤感。

不想一个人在家待着，决意出门走走，让陌生人冲淡我的思乡之情。

一路走到雍和宫门口，不见成群的游客，也许是大雪的缘故吧。

雍和宫里外恍如两个世界，就连那雪似乎也比外面下得安静许多。

我像个虔诚的僧侣一样，参拜每一尊佛像，心里似乎获得了某种安宁。

法轮殿里，喇嘛们点着酥油灯，诵念着经文。我跪在大殿门口的蒲团上，双手合十，不停叩拜。我不知道自己应该祈祷些什么，只觉得听着经文心里有种莫名的感动和心安。

电话突然振动起来，一看号码，是爸爸。电话那头，爸爸的声音略显低沉，我心里头隐隐觉得不安。爸爸哽咽着说，姥爷今天早上走了。

我脑子一下就空了。虽然早就做好了心理准备，可是放下电

{人长大了，开心都想哭}

话，眼泪依然止不住地流。一旁烧香的阿姨看到我哭得泣不成声，吓坏了，连声问我是不是生病了不舒服，我抱住素不相识的阿姨痛哭流涕："我姥爷去世了，我再也没有姥爷了……"

原来昨天晚上的梦里，他是来和我道别的。

多想让他再抱一抱我，就像小时候一样。多想再听他说，没事儿的大孙子，有姥爷在。

小学的时候，爸妈工作忙，姥爷就接我上下学。小孩嘴馋，放学的路上，我总缠着姥爷买羊肉串吃。姥爷每次都说，对身体不好还是别吃了，但最终都会给我买。看着我吃得满嘴流油，他笑得一脸慈祥。

后来我能自己独立上学了，姥爷就回老家了。开车回老家只要一个小时的车程，可是除了寒暑假，平常我去得并不多。当时总说学业忙，现在想来，全都是为了懒惰找的借口。

每次去姥爷家，他都走出屋子好远，去大路上接我。他会给我买开心果，买草莓，买乐事薯片，买很多很多我爱吃的东西，多贵他都舍得。但他自己从来不舍得多花一分钱，剩菜吃到最后一口，早起去超市排几个小时的队，就是为了买促销的鸡蛋。

姥爷对子女倾尽所有，但却不想麻烦子女分毫，即使当初尿血，他也一直瞒着家人。最严重的时候，一次尿了小半盆血，不过这都是后来我们才知道的。

姥爷一个人去医院看病。小县城的医院没有电梯，他拖着虚弱的身子，把着楼梯扶手一步一步向上爬。每每想到这个场景，我都能掉下泪来。姥爷病得那么厉害，依然不想变成子女和姥姥的负担，要不是被邻居偶然撞见，我们都不知道他得了膀胱癌。他怕连累家人，不舍得花钱看病，他说要把钱留下来给姥姥养老用，因为姥姥没有社保，生活没有保障。

我最后一次见他，他已经瘦到皮包骨，可他还是那么乐观，不想让子女担心。他让我看他的脚踝，说不知道这里怎么水肿得厉害，你戳一戳，有个坑，半天都起不来，可好玩了。然后他就认真地戳给我看。我知道那是癌症晚期，加上大量药物的副作用造成的。我强忍住眼泪不流下来，装出笑意跟他说，我早上起来脸也会肿，你那个才不算什么呢！

姥爷说他最大的愿望就是能看见我嫁人，可是他没能等到。

我最大的心愿就是工作之后带姥爷和姥姥出国玩一次，姥爷一辈子几乎连省都没有出过，可是他没能等到。

姥姥和姥爷吵吵闹闹了一辈子，却始终没有分开，不知道他们之间有没有所谓的爱情。那个年代的夫妻，基本上都是组织安排的，两个陌生人三下五除二就被绑在了一起，爱与不爱都得往前赶着日子过下去。工作、生孩子、养孩子、孩子结婚、带孩子的孩子，忙忙碌碌地就过完了一辈子。即使没有爱情，他们也不离不弃地生活了几十年，这种相互牵绊的情感远比爱情伟大得多。

可惜我既没找到爱情，更谈不上和谁有了情感上的牵绊，和另外一个人和谐相处真是太难了。没能让姥爷看见我把自己嫁出去，同样是我这辈子最大的遗憾。

姥爷的去世让我的世界空了一大块，那种任性的疼爱，再也不会有了。多想变成小女孩，让他牵着手，我一口一口地吃着羊肉串，吃得满嘴都是油，他掏出手绢把我嘴角的油擦掉。

回到家里，我不敢开灯。和姥爷的合照就摆在书架上，我不敢去看。整个世界冷冰冰的，我坐在黑暗中大声地哭泣。

孩子们都长大了，他们生活中有各自的烦恼，大多数情况下姥爷都帮不上忙。孩子们之间偶有矛盾，姥爷从不指责孰是孰非。姥爷觉得生活是儿女们自己的，不能因为自己的干涉徒增他们的烦恼。

就因为这样，大姨一直对姥爷颇有微词，认为他对儿子偏心。面对家里冷冰冰的氛围，姥爷承受着巨大的孤独，于是他在房子后面的荒地上种下了一大片菜园。他宁愿和那些蔬菜水果打交道，也不愿意去打扰孩子们的生活。他心里跟明镜儿似的，可是他尽量不去掺和儿女们的事儿。

我坐在冷冰冰的家里，突然感受到了那种无法交流的孤独感，我多想和姥爷痛痛快快地聊天，可惜我都没来得及好好地陪伴他，只是远远地看过那片菜园子，我现在才体会他开垦那片荒地时的孤独感。

想找个人安慰，可是不知道该找谁。这个城市里，每个人都是陌生的、冷冰冰的机器人。即使对谁有了好感，那美好的感觉也脆弱到不堪一击，没有功利性质的情感交流几近绝迹。

特别想找人说说话，于是我把电话打到家里，妈妈接过电话泣不成声，她在电话那头哭得撕心裂肺，说："女儿啊，我没有爸爸了……"我不知道怎么安慰她，因为我和她一样伤心，世界上最爱我们的那个人不在了。

本想买张机票，飞到离家最近的机场，再租车回县城，可是一直查询航班信息，得到的提示一直是，暴风雪太大，机场不开放。我不知道什么时候才能回家，送姥爷最后一程。他是怕我伤心吧，所以特意安排了一场大雪，阻止我回家送他。他就是这样一个人，处处为子女操心，不想给子女增添麻烦。

我没法待在家里，游魂一样跑到单位去加班。偌大的办公室只有我一个人，本想着找点儿活干能让自己好受一点，但对着电脑，我只能无声地流泪。

我拿起电话拨通了男友的号码，电话里传来通话中的提示音，他应该把我拉黑了。我唯一想要去倾诉的人，他和我老死不相往来了。

领导从办公室里走出来，看见我在哭，就问我怎么了。我告诉他我姥爷去世了，他摸摸我的头说："你要坚强。"然后就头也不回地走掉了。

这是我那天得到的唯一一句安慰的话。

大雪让我错过了姥爷的葬礼。后来听亲戚说，葬礼那天，我妈妈情绪十分激动，把着姥爷的身体不让任何人靠近，不愿意让人把姥爷推进去火化，谁拉她，她就要跟谁拼命。

姥姥对姥爷的去世好像没有表现出多大的伤感。我一直觉得他们之间可能没有那么多的爱吧，即使难过也是因为不得不改变生活习惯，不得不忍受突如其来的孤独。如果情感淡漠一点儿，那么失去时就会少那么一点儿伤心。

但是我错了，我对爱情的理解过于肤浅了。我原以为男欢女爱、

{ 人长大了，开心都想哭 }

你侬我侬的，那才是爱，但平静地接受命运的安排，不因为生离死别而过度伤感，有的时候其实也是一种爱。既然死亡是必须走过的终点，那么正是因为爱你，我才不会因为你先走一步感到特别难过，因为我们终究还是会再见的，一定会再见的。

一年以后，我们全家去给姥爷扫墓。姥姥看着墓碑上的照片，喃喃自语地说："老吴啊，你好像长胖了一点儿了。"

话音未落，我的眼泪就流出来了。妈妈、大姨和舅舅，他们也是红了眼眶。

姥姥可能一直都不相信姥爷去世了吧，他只是去了另外一个地方，在那里等着和姥姥重逢。

两个人携手走完一生，是一件多么伟大的事情。

回家的路上，看见楼后那片荒地，菜园子早已经荒废了，这是不是意味着姥爷从此也就不再孤独了？

04#

老牛卖掉了酒吧，开始继续流浪的生活。在美国66号公路上，他开着一辆租来的老旧房车横穿美国，这次他没有死里逃生，反而在路上捡到了一位搭车旅行的姑娘。

你猜对了。

这姑娘正是让老牛等了十年的那位。对于十年之约，姑娘说根本就不记得有这么一回事儿，不过最终两个人还是在美国的"母亲之路"上捡到了彼此，那条看不见的"火焰龙"变成了看得见摸得着的大活人。对于老牛来说，不知道这是梦想成真，还是信仰的破灭，总之能相遇的注定会相遇，有的时候信命是一种注定会获得幸福的活法儿。

老牛和姑娘没有停下来的打算，他们上一次寄来明信片的时候人在南极。不知道他们将来会过什么样的日子，他们会争吵、会为柴米油盐而烦心，他们会分手、会复合、会生儿育女，但至少，他们彼此之间不会再有遗憾。

CHAPTER

04

> **不是超忆症患者的初恋**

04
—
13

{ 人 长 大 了 ， 开 心 都 想 哭 }

我，绝对不是超忆症患者。

对于这点，我有百分之百的把握。并且，随着年龄的增长，我对此越发深信不疑。

我无意中在大街上偶遇某人，寒暄半天，挥手告别，但却始终无法想起对方的名字。抑或是在星巴克买咖啡，需要输入银行卡密码，我连续三次都输错了，就是想不起来密码。

在超忆症患者身上是绝对不会有这种事情发生的。

但奇妙的是，我总能回忆起很多过去发生的事情。每当需要讲述某段过往的时候，我连细节都能如数家珍。大家觉得十分惊奇，并把我归类到超忆症患者的行列。

幼儿园小班的时候，有一次市里领导来检查工作，他们挑选出几个小朋友回答问题，谁答对了就奖励一把卷笔刀。一个穿白色的确良衬衫梳着油头的人蹲下来问我，五星红旗上面有几颗星星？我毫不犹豫地大声回答，三颗。那人脸都绿了，幼儿园也被取消了评优资格。

小学三年级的时候，同桌女生穿着紫红色的吊带背心，没有发育的胸部清晰可见。有一天我们发生了激烈的争吵，她把一支中华 2B 铅笔的笔尖刺进了我的胳膊。老师找来了她的家长，她的妈妈又黑又胖，向老师哭诉了我平时是怎么欺负她女儿的。在老师的办公桌上，我看见了期末考试的试卷，并记住了上面的考题。那次考试我第一次考了满分，那考题我直到现在都还记得。

小学六年级，有一次体育课上，女班长点名，一阵大风吹过掀起了她的裙子，我记得她的内裤上是蜡笔小新的图案。

　　　　　　　　　{ 人长大了，开心都想哭 }

我买的第一盘正版磁带是张信哲的《宽容》，买磁带的时候还顺手偷走了音像店外面张贴的海报。B 面第一首歌是《过火》，我爱了好多年，现在每次去 KTV 依然会唱。

十九岁那年，我第一次和女生约会。她坐在我自行车后座上，羞涩地轻轻揽着我的腰。我故意使坏，骑得飞快。前面一辆黑色凯迪拉克急停，我也紧急刹车，后座上的她紧紧地靠在了我身上。那辆车的车牌号码是辽 A33138。

而我最爱的那个女孩，她家的电话号码是 64127256。这一串数字，我一辈子也忘不掉。

有人说一个人的记性最好不要太好，因为回忆越多，幸福感就越少。

七天两小时四分零五秒

烟雾缭绕的大排档里，人比苍蝇还多，东西难吃得要死，扎啤有一股尿臊味儿。一群流浪狗围在桌边，使劲儿舔着被人随手扔在地上的鸡骨头。剃着女士板寸的黄小雨和她那留着披肩长发的男朋友坐在我和韩熙对面，像一对二人转演员一样，大声地说着笑话，极力想要撮合我和韩熙在一起。

黄小雨问韩熙想找个什么样的男朋友，韩熙说，要小眼睛、单眼皮，没有谢顶的遗传基因，吃麻辣烫的时候不要加血豆腐和茼蒿，最好长得像张朝阳。

黄小雨又问我想要找一个什么样的女朋友，我答，女的，高矮胖瘦死活不限，吃麻辣烫只要豆皮儿和豆泡儿。

黄小雨指着我说，你小眼睛，单眼皮儿，没谢顶，血豆腐茼蒿什么的不吃也行，比张朝阳还帅点儿。

又指着韩熙说，你肯定是女的吧，活的，不讨厌豆皮儿和豆泡儿。我靠，你们俩简直就是天作之合。

我内心觉得他们演得十分浮夸，但表面却装得非常淡定。黄小雨还在一旁喋喋不休地说着什么，她和她那呆瓜男朋友没看到的是，桌子下面，我和韩熙的手一直紧紧地牵着。

这是我们在一起的第七天两小时四分零五秒。

328 天

气温骤降到零下三十摄氏度。

64127256，一直拨，一直无人应答。我站在茫茫大雪中不知所措。原来失去一个人不过是一秒钟的事情。

我坐在小公园的椅子上，哈出一口冷气。

上次见面的时候，她哭着说她喜欢的那个张朝阳来找她求婚了，她想到了很多他们在一起的事情，她忘不了那些事，她不知道该怎么办了。两个人她都喜欢得不得了，选择让她非常痛苦。

　　　　　　　　{ 人长大了，开心都想哭 }

我说没关系，我们早就说好的，只要你作出的决定，我都会欣然接受，谁叫我爱你呢。说着我竟然不争气地哭了，她也抱着我哭了好久。

父母反对，前男友求婚，加上我得罪了她的闺蜜，我感觉这三座大山已经彻底地阻断了我和韩熙继续发展的可能。

两个人在一起光凭着互相喜欢是远远不够的，这个道理我怎么到现在才明白呢？

韩熙赶来的时候，脸冻得通红。她不说什么，可是我已经看到了她的决定。

我牵着她的手，说，我送你回家。

该吵的都吵完了，说什么也都无济于事了。

我突然就释然了。如果这爱注定没有未来，替身的戏演完了，我就该卸妆回家了，总不见得要对着这出戏码,孤芳自赏一辈子吧。

就走完我们俩的最后一段路吧。

下雪天，什么东西都得慢下来，人、车、牛、马都不得不慢，就连分手的时间轴仿佛也被拉得格外漫长。公交站台上，我们都低着头不看彼此，就怕多看一眼，这分手的决定会被瞬间推翻。彼此牵着的手渐渐凉了下来。

公交车缓缓进站，韩熙上了车，我心里一阵难以抑制的酸楚，很想跳上车去再抱一抱她，跟她说一句，我爱你。但终究我还是站在了原地。

车内和车外的温差让车窗结满了霜，我和她一下子就被隔绝到两个世界。玻璃那头是她，玻璃这头留下我一个人兵荒马乱。

天气太冷了，汽车熄火，不得不重新启动。

我一个车窗一个车窗地看过去，想要努力找到韩熙的身影。一直看到最后一个车窗，在结满了霜的玻璃上有一颗用手指画成的爱心，韩熙那张美丽的脸，一笑起来就弯弯的眉眼，被镶在了用冰霜做成的画框里……

这不是我们第一次分手，也不是最后一次。

第 1 天

韩熙所在的公司要在电视台投放广告，由于预算很少，所以让实习生身份的我作为代表跟他们接洽。我跟韩熙他们没日没夜地开会，讨论项目，修改方案，最终令对方公司老板非常满意，还主动表示要追加预算。

广告取得了出人意料的效果。庆功宴上，大家都喝了点儿酒，有点微醺。酒壮怂人胆，我问韩熙说，要不要一起去看电影？她想都没想，就答应了。

那天晚上，我们去看了《哈利·波特与阿兹卡班的囚徒》的午夜场。电影开演不到二十分钟，她就已经睡到不省人事。坐在她旁边的大姨也睡死了过去，于是她们俩头靠着头睡了近三个小时，直到影院的灯光全部打开，韩熙才从梦中醒来。

她揉了揉眼睛，打着哈欠问我说电影如何。我伸着懒腰撒谎

{ 人长大了，开心都想哭 }

说，我也不知道，看了没多一会儿就睡过去了。她有点沮丧，说，看来这电影不适合咱俩。

从电影院出来，我肚子咕噜咕噜叫，饿得胃直抽筋。韩熙仿佛一眼看穿了我的心思，提议带我去吃好吃的麻辣烫。

我们边吃边闲聊，话题很自然就扯到了择偶标准。她说她男朋友的模板是小眼睛、单眼皮，家里没有谢顶的遗传基因，吃麻辣烫的时候不要血豆腐和茼蒿，最好长得像张朝阳。我说，除了张朝阳，其他的条件我都符合。她笑着说，就是因为你都符合，我才愿意和你出来看电影啊。

当时我不确定韩熙说这句话的含意，也不确定自己是不是喜欢上了眼前这个女孩。但她笑起来的样子，眉眼弯弯的，让我觉得很温暖。

吃完麻辣烫，送她回家。她带我走进了她家附近的一个小公园，我们坐在公园的长椅上，陷入了短暂的沉默。不远处，早起的大爷在晨练，还有遛狗的主人在呼唤宠物的名字。

韩熙低着头，若有所思的样子，在她身后是盛放的丁香花，有一瞬间，那香味钻进了我的鼻腔里、脑袋里，我强烈地感受到了一种恋爱的感觉。

韩熙抬起头来说了些什么，我当时还处在恍惚之中，没有听清楚。她突然把头靠过来，轻轻地吻了一下我的脸，带着羞涩的一吻。

我全身的感官都失去了知觉，不知道该如何是好。我不敢看她，不敢说话，甚至连喘气都变得小心翼翼，生怕打破了这场突如其来的梦境。直到一辆洒水车驶过，巨大的音乐声打破了宁静，也打破了我们之间微妙的尴尬。我自然而然地牵起她的手说，送你回家吧，休息一会儿，得去上班了。

一个慌乱而又美好的初夏之夜。

100 天

大林和高天朔都说我病得不轻。

他们说，像我这样病态地迷恋一个人是一种病，第一次恋爱的人或多或少都会得上这种病。就像长水痘一样，每个人一生都要得一次，但个把月就会好起来。一般情况下，思念这种病也会不治而愈，而且痊愈往往都是伴随着分手。

大林说，既然你病了，就好好享受得病的过程吧，反正早晚会分手。

听她这么说，我有种被人打七寸的感觉。其实我知道她说的都有道理，只是自己不肯承认罢了。内心的恐惧一旦被人戳破，马上就会陷入六神无主的境地。我近乎病态地喜欢上韩熙，时时刻刻都想见到她。我甚至无心工作，跑到她公司偷偷去看她。我总有种不安，害怕她会突然消失不见。

我想，我的不安，可能缘于我并不是韩熙的初恋。

在恋爱中，她显得游刃有余，而我却像个无头苍蝇四处碰壁。

{ 人长大了，开心都想哭 }

有一次，我们在家里看《春逝》。她看到泪流满面，哭着说电影里的男女主角就像我和她。她还说，如果有一天她躲起来不见了，千万不要去找她，因为那代表她不爱我了。

我问她，那你现在爱我吗？

她说她喜欢我，但谈不上爱。

她说她曾经爱上过一个人，那感觉和现在完全不同。虽然和我在一起很放松、很舒服，但爱不应该是这个样子的，爱情远比这浓烈得多。

她不爱我，这让我感受到了巨大的失落。但她应该也不好过，要承受感情起伏带来的落差，所以才会对我忽冷忽热。

我对电影里的男主角产生了强烈的感同身受，也许我和那个男主角的无力感，都来自于自以为是神圣的爱，在他人眼里却不过如此，并没有那么重要。

多么希望你得了绝症，那样的话，我便能够对你不离不弃，让你在享福和感动中走到生命的尽头，就像韩剧里演的那样。在你离去之前，我要帮你穿上最美的婚纱，给你一个盛大的仪式，轰轰烈烈地爱一次，才算没有遗憾吧。

可惜这不是我们的故事，对此我感到十分惋惜。

78 天

在这阴雨绵绵的天气里，我对韩熙的思念开始腐坏。那些美好的小悸动开始像病毒一样侵蚀我的身体，我不顾一切地想要找到她。但我能够隐约地感觉到，她并没有如此想念我。

我拨通她家的电话，64127256，电话里一直是"嘟——嘟——嘟"的忙音，无人接听。拨打到第五十次，电话那边依然沉默，我再也坐不住了，于是冒着大雨跑到她家小区，坐在楼下的花坛上，等她。

我抬头看她的房间，即使隔着大雨，我也能感受到窗户里头空洞洞的，了无生气。如果今天见不到她，我想我会难过死。但"死"仅仅是一个修饰词，只为了掩饰我的无能为力。

一直在雨夜里淋了五六个小时，她才从黑暗中走向了我。这五六个小时，是我这辈子经历过的最难熬的一段时间。

我冻得瑟瑟发抖，说不出一句完整的话，只能紧紧地抱着她。

我想告诉她，"你不知道我有多想你"，可是怎么都说不出口。

她似乎被我的样子吓坏了。

她说，你以后能不能不要这样。我点点头。

她说，有什么事情明天再说好不好。我又点点头。

我看着她走进了单元楼，楼道内的灯光一层一层地亮起，然后又一层一层地熄灭。

我用公用电话拨通了她家的号码，一声、两声、三声……就在我准备挂断的时候，韩熙拿起了电话。我沉默了一会儿，电话那边也没有任何回应。我说我就是想你想得不得了，所以才来看看你，你不要生气。韩熙在电话那边说，我知道，我也想你的。

电话那头嘟一声挂断了，我蹲在地上泣不成声。也许早就预

{ 人长大了，开心都想哭 }

感到了，我早晚会失去她。

300 天

　　嘴贱的女孩都是单身狗，此话无法考证出处，但嘴贱又长相一般的女生想要谈恋爱，确实不太容易。韩熙的闺蜜明月就属于这类人。她身材浑圆，一头油乎乎的长发，脸上痘坑一小片。长相倒是其次，主要是她说话口无遮拦，这点让我很不舒服。由于找不到男朋友，而且丝毫不懂避嫌，我和韩熙约会的时候，明月也经常要求加入我们。

　　三个人相处倒也说不上不愉快，只是明月常会讲一些让人难堪的事情。比如她会拿我和韩熙的前男友做对比，身高啦、长相啦、收入啦、家庭啦，真不知道她是看不上我故意为之，还是单纯不谙世事。

　　韩熙对她知无不谈，有些没有对我说过的话，她全知道，所以聊天中无意间就把秘密给透露出来了。比如，韩熙的父母并不喜欢我，韩熙的父母逼着她去相亲。再比如，韩熙的前男友回来了。

　　这一天实在太热，我们都躲在家里吹空调。电视里正在直播奥运会场馆的建设情况，明月不知道哪根神经搭错了，突然问韩熙，陈树树现在不是在北京吗，最近你们联系过吗？

　　陈树树是韩熙的前男友。

我心脏不自觉地抽搐了两下，假装没听见明月的话，走到厨房，打开冰箱拿出一罐冰可乐，咕噜咕噜地灌下了一大半。

等我从厨房回来，看见韩熙红肿着眼睛，沙发上有几个揉成一团的纸巾，明月在她耳边说些什么。一股无名火从内往外地翻涌出来。

我把可乐狠狠摔在地上，明月吓了一跳。我指着她，说："你给我滚出去！"

明月从没见我发过这么大的火，明显吓了一跳。但她随即就从沙发上跳了起来，指着我鼻子吼道："马马也你有能耐别冲我吼啊，你有能耐给韩熙过好日子啊，就你这副样子，谁跟你真是倒了八辈子霉的……"

她说得急了眼，还想接着说，被韩熙一把推出门去了。

我坐在沙发上不说话，其实是因为说不出话，胸口憋闷得厉害。

韩熙坐过来，轻轻挽住我的胳膊，说，前男友确实回来找她了，说要和她复合。

我尽量忍着不动气，说："你告诉我这些干什么？我不想听。"

她拉着我的手，说："你知道我是喜欢你的。"

听她这么说，我竟然笑出了声，但是连我自己都能听出我笑得有多苍白无力，我说，从头到尾，我只不过是个影子而已。

她抱着我的胳膊，着急地解释："不是的，就算刚开始的时候是，但现在不是了，我爱的人是你，不是他。"

"那你能跟我结婚吗？"我问她。

她没有回答，只是一直一直哭。

　　　　　　　　{ 人长大了，开心都想哭 }

看到她的样子，我突然觉得自己就是个王八蛋龟孙子。我到底在对她做什么啊？我连什么时候能给她幸福都不确定，又有什么资格逼她给我一个承诺？

我抬起她的脸，用手抹去她的眼泪，说："不要担心我，只要你幸福，我什么都答应你。"

305 天

不知道韩熙爱谁更多，只知道她对前男友念念不忘，前男友对她也念念不忘。

我十分嫉妒那个男人，他让韩熙有过如此刻骨铭心的爱。他们分手的具体原因不详，这在我和韩熙之间是一个心照不宣的秘密，谁也不会主动提及。但我想，要是有一天那个男人回来找她，韩熙肯定会毫不犹豫地选择自己的前男友。

我一个人在家里的时候，总会重复看韩国电影《美人》。电影里的女人每次被男朋友打伤之后，都会来找男主寻求安慰。影片的最后，男主先干掉了前任，然后亲手掐死了女主，多么悲伤的结尾。

我想要是有一天韩熙的前男友回来了，我也会有干掉他的冲动。

229 天

　　我和韩熙常常坐在书店的角落里看书，我抱着她，她抱着书。那时候通信不及现在这样发达，我们约定如果联系不到对方的时候，就到书店来等。

　　这一天，韩熙去相亲了。

　　相亲这件事情在我们俩之间已经不是秘密了。

　　她父母逼着她赶快结婚，结婚对象只要不是我就行。刚开始我特别生气，我们俩没少为这件事情争吵。韩熙也觉得亏欠我，但是她不想让父母生气，所以跟我商量，她表面上答应父母去相亲，但事后绝不会和相亲对象再有任何联系，就这样先拖着。

　　作为一个男人，打死我也不愿意自己的女朋友去跟别人相亲，即使是演戏，也不愿意。

　　可是韩熙拗不过她父母，而且最重要的问题是，她并不想因为我，伤害她跟她父母的关系。

　　我在书店里一边等着韩熙，一边翻看着《挪威的森林》，这书我们俩已经看到一半了。看到结尾处，渡边给绿子打电话，绿子问渡边在哪里，渡边不知道身在何处，只是不断地呼唤着绿子的名字。

　　韩熙曾经问过我，喜欢直子还是绿子，我说当然喜欢绿子，正常人都会这样吧。韩熙说，可我并不是你的绿子。

　　我当时以为她在开玩笑。如果她像直子一样决绝地离开我的

{ 人长大了，开心都想哭 }

世界,我必将悲伤孤独地活下去。即使有绿子那么可爱的女生出现,我也没有办法给她最好、最纯粹的爱了。

韩熙找到我的时候,书店已经快打烊了。

这天,她化了妆,精致的妆容映衬得五官越发好看。新买的连衣裙也很合身,这身装扮太适合去相亲了。看到女朋友精心装扮,却是为了别人,于我而言真是一种莫大的讽刺。

"以后不要去了。"我特别想坚定地对韩熙说,但说不出口,韩熙父母提出的条件我没有一样能做得到。

有一次,我给韩熙家送大米,一袋一百斤,我一口气从一楼扛到了六楼。韩熙母亲开门说了声谢谢,就把门关上了。第二天韩熙告诉我,她父母不同意我们交往。

今天,韩熙再一次拒绝了相亲的对象,她父母很生气,说要找我谈一谈。

于是,我和韩熙的父母,第一次坐在了同一张桌子前。

四个人都沉默不语,气氛显得很是尴尬。我想要找话题打破平静,又觉得由我开头,说什么都不合适。

我默默地陪着韩熙的父亲喝了一瓶白酒之后,他执意要给我杯子里再斟满,我说叔叔,我到量了,咱们有话直说吧。

韩熙母亲终究绷不住了,说:"小马,你知道的,我们家条件不好,当父母的没能力给她多好的条件。我听说你们家也差不多,你父母离婚之后就没人管过你了,你从七岁就一个人生活。阿姨不是想揭你伤疤,等你做了父母就能明白阿姨的苦心了。我们都活这么大岁数了,还图什么呀?什么都不图,唯一希望的就是女

儿能过得比现在幸福。但以你现在的状况，是做不到的。按理说
儿女的婚事，做父母的不应该干涉太多，但阿姨在你身上真的看
不到希望，我得为自己的女儿负责任。"

　　韩熙妈妈一直说，一直说，说得我渐渐恍惚起来，只看得到
她的嘴巴在一上一下地闭合。耳边有两个声音一直在吵架，一个说，
你这个孬种，快去表决心啊，还愣着干什么。另一个说，有什么用，
人家摆明了瞧不上你，别自取其辱了……

　　我应该为自己辩驳几句的，可是我那些对未来的期许，在别
人眼里是一文不值的。我知道，这就是最终的宣判。一颗子弹射
穿头颅，连垂死挣扎的力气都省下了。

　　父母的坚决反对，反倒是激发了韩熙体内某种叛逆的能量。
她笃定我们会继续走下去，她无数次说能够预见到我们的未来，
说得我都信了。

230 天

　　晚上无论如何都睡不着，躺在床上翻来覆去地想着韩熙妈妈
说的话。她妈妈说得没有错，如果硬要责怪，我倒是应该自责，
自己确实差得太远了。我那些对未来的豪情壮志，说得好听是给
自己精神上的犒赏，说得不好听，和吹牛逼有什么区别？

　　想到后半夜，困意袭来，刚睡着就开始做噩梦。梦里边各种

　　　　　　　　　　　　{人长大了，开心都想哭}

人跳出来反对我和韩熙结婚，韩熙以死相逼，并和我领了结婚证。领完证从民政局出来，韩熙就不见了，我怎么都找不到她，只能看到一个模糊的背影。我就在梦里跑啊，追啊，跑到筋疲力尽了，终于在一个医院里面找到韩熙。韩熙抱着个孩子，孩子哇哇大哭，我问她怎么了，她也不说话一直哭。韩熙的父母突然出现了，指着鼻子骂我，说全都是我的责任，让我去死，然后一把将我从天台推了下去……

从梦中惊醒，汗水把床单都浸透了。

485 天

韩熙坐在商场休息区的长椅上掉眼泪。一阵疲惫的感觉席卷全身，我想我们是真的走不下去了。所有的抗争和努力都试过一遍，发现无法改变现状，也只能举手投降。

我们的争吵越来越频繁，吵架的语言也不再平和。我们似乎走进了一个死胡同，想出来找不到路，被困在里面又不甘心。

我们上一次争吵，是因为她又去相亲，回来之后气不顺，总想找我吵架。她说我空有一个导演梦，没钱没资源没人脉，想成功简直是痴人说梦。她说我年纪太小，根本没办法承担起家庭的责任。她甚至说到我的身材过于瘦削，和我在一起太没有安全感。

其实我心里明白，我们的爱情快要死了。那些美好的表象，只不过是回光返照。

很想说，我们可不可以不分手？我们能不能好好在一起？

这一切不过在脑子里闪了一秒钟而已，爱情这东西实在是不堪一击。

我送她到公交车站，这一次我没有去找她的身影。我站在车站看着她慢慢走远，心里竟然没有悲伤的感觉。

20 天

我和另外几个实习生，蹲在电视台门外的马路牙子上吃着三块钱一份儿的盒饭，没人想过未来会是什么样。对面的音像店里放着许巍的歌，我们三个跟着大声地唱，肆无忌惮地唱。唱着唱着，觉得一切都变得美好起来，就连手里的盒饭都变得无比美味。

"明天我们也会成为万人景仰的大明星！"大林突然来了一句，目光坚毅。我狠狠拍了一下她的脑袋，说："你长得那么受限制，只能当经纪人。像我这样的才能当大明星。"她歪了歪头，看了看我帅气的颜，说："你说得有道理。不过我好像没吃饱，能吃你的饭吗？"我把盒饭递给她，她大口大口地吞了起来。

下午收到韩熙寄来的挂号信。拆开信封，里面是一本余华的《活着》。翻开书，第一页夹着一张书签，书签上用漂亮的印刷体写着几组数字。

{ 人长大了，开心都想哭 }

打电话给韩熙，说书收到了，但不知道数字代表什么。她说这是秘密，说出来就没意思了，让我猜猜看。

我看着书签，百思不得其解，整整研究了一个下午。

下班之前，接到韩熙打来的电话。她问我书看得如何，我实话实说，还没有来得及看，研究了半天数字的含义，但还没猜出来。她有点儿失望，挂断了电话。

我硬着头皮去问部门里的一个老先生，老先生看了看书签，又翻了翻书，笑着说："小伙子，好事儿啊，有姑娘看上你了。"

"这是怎么看出来的？"我一头雾水。

先生说："一看你就没搞过地下工作，当年我们就是通过这种方法相互联络又不被敌人发现的。"

我越听越糊涂，先生拿着折扇在空中比画了两下，一横、一竖，又狠狠敲了一下我的脑袋，说："真是个呆子，还非得让人截破不成！"

我脑袋被折扇狠狠敲了一下之后，突然就开窍了，想到那数字分别代表着页、行、列。

我拿着铅笔，按照顺序把书里的字找出来画个圈圈。

那句话是，马马也我喜欢你。

从前到后，从后到前，我来来回回读了好多遍，这才确认没有错，心里顿时跟喝了蜜一样。原来这种踏踏实实的幸福感就是恋爱啊！

我拿着纸条给大林和高天朔看，他们撇着嘴说，哪个姑娘看上你，真是瞎了狗眼。我嘴上说着你们这是赤裸裸的嫉妒，心里千树万树桃花开。

多希望我是个城管，那样我就能把在我心里非法摆摊的你赶走。你在我心里摆了一架西洋镜，里面全都是你的画面。我吃饭、聊天、发呆、写字，心里想的全部都是你，我好想念你。

而你却住在那台冰冷古老的机器里。

分手后一年

早上突然接到韩熙的电话，她说想要见我一面。没等我回应，她就挂断了电话。

我想起她特别爱吃我做的披萨，于是我出门在超市里买了各种材料。回家和面，准备配料，全都收拾妥当之后，电话又响了，还是韩熙，她说想了想还是不见了吧。我说我准备了披萨，还是过来吧。她在电话里沉默了一会儿，啪的一声挂断了电话。

傍晚时分，我在家附近的车站等她。直到天完全黑下来了，她也没有出现，公交车来来回回地过了十几趟，我以为她真的不会来了。

等她出现的时候，我抽完了一整包烟。她留着一头长卷发，齐刘海，成熟了许多。我笑着挥了挥手，她也笑了笑，但很勉强。

我有一瞬间突然有了诀别的心情，我不知道为什么会冒出这样的念头，我甚至觉得让她过来见面可能是一个错误的决定。

　　　　　　　{ 人长大了，开心都想哭 }

那披萨大失水准，甚至难以下咽，于是我们连感怀过去的氛围也全都没有了。草草下咽，两个人都不知道该说些什么。

　　她忽然说起了自己的牛仔裤，是 CK 的，她一口气买了两条。我记得她以前就说过，等有了钱一定要买 CK 的牛仔裤，那是大牌子，她要买两条，穿一条，扔一条。

　　当然我也是后来才知道，韩熙有一次在夜市上淘牛仔裤，被同事撞见了。那同事是个富二代，衣服都穿名牌。同事总有意无意地拿韩熙逛夜市的事情打趣，还在客户面前说韩熙寒碜。韩熙就跟受了刺激一样，动不动就跟我说，咱们一定要挣很多钱，买很多名牌。

　　我伸手去摸，牛仔裤很厚实。我说，牛仔裤不能常常洗的。她说，反正不用自己动手，家里的保姆会洗的。

　　名牌衣服，保姆，这就是她现在的生活。

　　气氛又陷入了无边无际的尴尬。我说："送你回家吧。"

　　我故意走得很慢，我想，这应该是我们这辈子最后一次见面了。

　　她突然停下脚步，说："本来想给你发张请柬的，但想来想去还是算了吧。"

　　我没有接她的话荏儿，说："我就送你到这儿吧，留给我一个幸福的背影。"

　　突然想起句歌词："自古多余恨的是我，千金换一笑的是我，是是非非恩恩怨怨都是我，生来为了认识你之后，与你分离。以前忘了告诉你，最爱的是你，现在想起来，最爱的是你……"

05

> **怪兽大林**

{ 人 长 大 了 ， 开 心 都 想 哭 }

"张杰昨天被淘汰了。"大林说。

"哦。"我漠不关心。

"听说有黑幕。"

"关我屁事。"

大连金石滩，我和大林坐在海边吹着海风。天气不怎么好，阴沉沉的。我刚刚考上研究生，没有太多欣喜。马上要去另外一个城市生活一阵子，临行之前特地跑到大连和大林告别。此时，大林在大连找到了一份稳定的工作，身边也有一个小鲜肉在追求她。大家似乎都在朝着幸福的方向飞奔。

海滩一别，整整十年，我和大林竟再也没有见过面。

01#

大学前两年的时候，我和大林基本上没有什么交往。同学们各自有各自的小圈子，我一直游走在小团体之外。

大林说，班上的女生私底下议论我，都觉得我这个人有点神秘。表面上看起来非常冷漠，不太好接近，其实熟了之后会发现，我这人其实挺没节操的。

大二下学期非典肆虐，学校发现疑似病例之后全面封锁，连一只苍蝇都进不去也出不来。我因为在校外打工，被学校隔离在外，

{人长大了，开心都想哭}

大林她们则被关在了校园里面。

我和几个被关在校外的同学整日无所事事，就在大街上闲逛。街上人很少，整个世界都变得寡淡了起来。我们只能自娱自乐。超市里的东西大减价，我们每天都去逛，买最大瓶的可乐和最大根的香肠，坐在学校外面，边啃边隔着铁栅栏和里面的同学隔空打牌。

每次看见我们都在外面胡吃海喝的，里面的同学眼馋，于是提议比赛喝可乐、吃香肠。如果外面的人输了，就给里面的人带东西。如果里面的人输了，就得爬过栏杆偷跑出来。

比赛简直丧心病狂、惨绝人寰。武侠片里常有七孔流血的镜头，两升可乐灌下去的结果就是七孔喷可乐，喷得到处都是。就像周星驰的电影里面演的那样，脑袋不自觉地左右摆动，向上四十五度，突然之间，满口鲜血喷涌而出，"噗"的一声，那效果就像可乐遇到了曼妥思。

光喷可乐不算最惨，还得啃完那根又粗又硬的大香肠，足足有二斤重。一根吃下去，就只能躺在草地上捂着肚子边滚边吐了。

校园内外躺倒一片，乍一看还以为发生了集体食物中毒事件。十几个人躺在地上，嘴里汩汩地往外喷着可乐，吐着食物残渣，还止不住地呻吟，极好地诠释了作死的含义。

所有人不是笑趴下了，就是撑得站不起来了。比赛还在继续，最后站着把可乐喝光、把香肠吃完还能屹立不倒的人，就只有大林一个，大林成为这场无聊至极的比赛的大赢家。她捂着肚子，嘴角扬起一丝微笑，站在躺倒一片的人群之中。此时的她是圣斗士星矢，《七龙珠》里的悟空，《火影》里的鸣人，周围全是被她打倒的敌人。

大林因此一战成名。

她单眼皮，小眼睛，头发枯黄，皮肤黝黑，胸部平平，实在谈不上引人注目。但在以后的岁月里，但凡有需要拼命的场合，大林从不怯场。没有人能把她放倒，就连拦路抢劫的流氓都被她吓得够呛。

大林赢了，让我们奖励她一张长途电话卡，我们弯腰领旨。

学生们被隔离，学校周边的小店也大都关门歇业，我和高天朔跑了很远才买到大林要的电话卡。打电话叫大林来校门口拿，学校保安却拦住了我们，死活不让我们靠近大门半分。这也就算了，让他帮忙递一下也不愿意。那保安使劲儿摆着手说，去去去，谁知道这东西上面会不会沾了病毒。我们鼻子都气歪了。

我们示意大林绕到一侧的铁栅栏旁，她却突然号啕大哭起来，哭声极其刺耳，众人皆惊。这是我在和她相识相交的岁月中，唯一一次看见她哭。以后的日子里，就算她被好几个小流氓围殴，也从没见她皱过一下眉。

保安一时之间也有点儿不知所措，趁着他愣神的工夫，我和高天朔拉起大林就往校园里面跑。

保安部几十号人恨不得倾巢而出，在校园里玩命地追我们。我扭过头看了一眼那阵仗，真是一辈子都忘不了，太刺激了。他们个个憋红了脸，跑得上气不接下气，表情狰狞，就像美剧《行尸走肉》里头，一大群丧尸准备随时扑上来咬死男主。绕着学校

　　　　　　　　　{ 人长大了，开心都想哭 }

跑了半个小时，我实在是没劲儿了，脚步一慢下来，立刻就被人猛扑过来摁倒在地。高天朔见我被生擒活拿，也就乖乖就范了。

我和高天朔被学校强制隔离。整日关在屋子里，我和高天朔的头发油得都能炒菜了，满脸都是胡楂儿。突然之间失去自由，并且不知道什么时候能解禁，对于我们来说简直就是虐待。

等我们放出来的时候，非典疫情已经宣布解除了，学校也取消了封锁。病毒走了，整个世界大病初愈。我和高天朔从暗黑的小屋子里走出来时，阳光虽然刺眼，但我们的内心却有一种重获自由的喜悦。经历这一遭，我更能体会到《肖申克的救赎》到底伟大在哪里了。

一眼就看到大林在楼下等我们，她咧着嘴，一个劲地傻笑，说："恭喜啊，出来了！"

我走过去推了一下她的脑袋，没好气地说："你笑个粑粑，老子都快憋出双重人格了。"

为了安慰我们，大林请客吃饭，每人十五块钱随便吃的那种自助小火锅。我像刚刚刑满释放的犯罪分子一样，见到什么都觉得是人间美味。

我一边抹着嘴角的油，一边一本正经地说："一段伟大的友谊萌芽了。"

大林一脸鄙夷地说："我才不和你们做朋友呢，你们整天流里流气的，不像好人，我得离你们远点儿。"

02#

"那时候我们衣服又脏又破，可是在一起的每一天都很快乐……"歌里这样唱着，极其贴切。

我们每天都是脏兮兮的，傻笑着、打闹着，就算未来的人生里有那么多的艰难险阻等着我们举手投降，但 who cares？只要我们几个人凑到一起，就会肆无忌惮地吼上几嗓子许巍的歌。路人都以为我们精神错乱，怎么能有人如此不顾忌别人的白眼鬼哭狼嚎呢？

但是，只有那样的年纪才敢任性。精神错乱、肆无忌惮，笑啊、哭啊，眼泪直流，犹如夏花般恣意绚烂，一生只绽放一次。

我们都在二十五岁死去，变成行尸走肉在这个世界上慢慢打转。偶然想起自己曾经那样活过，遥远得仿佛上个世纪的事情。二十五岁之前我们有青春、有朋友、有爱情，二十五岁之后被生活狠狠咬了一口，变成了丧尸，浑身恶臭，步履蹒跚，活着只是为了找一口吃的。

我们踢足球的时候，大林负责守门。对方球员只要一靠近，她就猛扑过去，连人带球一起扑倒在自家门里。大林常常上演乌龙帽子戏法，我们因此经常大比分输掉比赛，大林也得了一个"女卡恩"的诨号。

我们打篮球，大林也跟着。她负责防守对方的中锋，一场比赛下来，对方一米九几的汉子委屈得直掉眼泪。他亮出胳膊，几

{人长大了，开心都想哭}

十道血印子，边哭边指着大林说："这个黑不溜秋的长毛怪到底是人是鬼，你们从哪儿找来的。不带你们这样欺负人的。"

某个同学因为勾搭妹子得罪了恶势力，我们准备去找对方谈判，甚至做好了大干一架的准备，大林也跟着去。为了壮胆，我们还集体染了一头金发。

等到了谈判的大排档，还没等打起来，对方就先笑喷了，指着我们说："哟，这不是 H.O.T 吗！"大林一拍桌子，指着对方的鼻子说："眼瞎了吧你，老娘是金毛狮王！"

全场笑得人仰马翻，于是打架变成了拼酒。喝完两圈之后，我就差没把肠子给吐出来了。几个回合下来，就只剩下大林一个人屹立不倒，对方甘拜下风，只好握手言和。

坐夜班公交车回学校，车上广播传来了熟悉的旋律，电台里放的是许巍的《曾经的你》。

曾梦想仗剑走天涯

看一看世界的繁华

年少的心总有些轻狂

如今你四海为家

曾让你心疼的姑娘

如今已悄然无踪影

爱情总让你渴望又感到烦恼

曾让你遍体鳞伤

……

我们几个跟着放肆地大声唱，唱到喉咙沙哑。大林唱歌本来就难听，一激动声音就劈叉了，变成两个声调。于是我们笑到泪崩，公交车司机也跟着一起笑，笑到连车都开不稳了。幸好大半夜路上车不多，要不就乐极生悲了。

　　感谢许巍，让我们偶尔想要矫情地回忆一下青春的时候，首先想到的是美妙的旋律。就像我们之间奇怪的友谊，再硌硬的奇葩也能找到小伙伴，这是人生中最美妙的安排。鱼找鱼，虾找虾，奇葩找怪咖。

每一刻难过的时候

就独自看一看大海

总想起身边走在路上的朋友

有多少正在疗伤

每一刻难过的时候

就独自看一看大海

总想起身边走在路上的朋友

有多少正在醒来

让我们干了这杯酒

好男儿胸怀像大海

经历了人生百态世间的冷暖

这笑容温暖纯真

{ 人长大了，开心都想哭 }

03#

特别能吃苦，这几个字用来形容大林十分贴切。她很特别，她特别能吃，苦她也吃过不少。

她很特别。虽然其貌不扬，又黑又干瘪，头发油油的，脸上常年有几颗痘，说起话来怪腔怪调的，看上去就是一个路人。但其实大林内心却十分强硬，时常做出惊人之举，做事不达目的决不罢休。我常常说，这世上有三种人，男人、女人和大林。每次她听我这么说都满脸的不高兴，于是我使劲推她脑袋，只须轻轻一推，她就把我说的话全给忘了，还开心地哼起小曲儿。真是几千年才能出一头的怪兽。

大三上学期，我们几个在电视台实习，干一些别人不愿意干的脏活累活，每个月领一百五十块的工资。下不起馆子，只能在路边吃三块钱一份儿的盒饭，一边吃一边畅想美好未来。其实就是吹牛逼。

我说："总有一天我要拿奥斯卡的。"

大林说："到时候我们仨一起走红毯，你，我，还有天朔。"

天朔跟饿了三天似的，光顾着埋头跟手里的盒饭奋战。大林一把抢过他手里的饭盒，说："别吃得那么难看，小心被狗仔偷拍下来，等你以后扬名立万了，拿出来讹你。来，我替你吃点儿。"

天朔用手背擦了擦嘴上的油，打了个嗝，说："大林，你长这么寒碜就别去丢人了。还奥斯卡，我们现在连电视台的门禁卡都没有。"

大林丝毫不理会天朔的毒舌，指着我说："将来你肯定能拿好几个奥斯卡！"又指了指天朔说："你，高天朔，未来会是全世界最棒的音乐制作人。"怕我们不相信似的，大林还狠狠跺了跺脚，指着头顶三尺神明发誓说："你们一定能成功，我愿意拿命赌！"

大林的斗志昂扬狠狠激励了我们的士气，我们突然就意气风发了起来，扑面而来的全都是幸福的微风。

当我们刚刚沉浸在走入未来的幻想中时，电视台看门的大爷从背后飘了过来，凶巴巴地说："你们几个赶紧走，别蹲在门口，一会儿领导来了，多影响形象。"

我想，我这辈子也不可能拿到奥斯卡，但大林却是第一个愿意拿命来赌我的未来的人。

大林特别能吃，她有个外号叫"扫盘侠"。只要有她在，基本上连碗都不用刷，无论吃什么，就连一片菜叶子也剩不下。这种超强的战斗力是会传染的，通常情况下，饭店里的上菜速度永远也赶不上我们吃菜的速度，上一盘空一盘，吃饭永远不以吃饱作为结束，而是以花光身上最后一分钱为终止。兜里只剩一块钱也一定要再加一碗米饭，直到现在我也搞不清楚，为什么当时会那么饿。

学校周围的几家自助餐店无一例外都把我们列入了黑名单，远远看见我们，他们就会立刻拿出"暂停营业"的牌子立在门口，"哐"的一下拉上卷帘门。我们敲窗户，他们就在屋里拿着擀面

　　　　　　　　　{ 人长大了，开心都想哭 }

杖什么的比画着。

新开的店因为不了解情况，往往会被我们搞得够呛。

一家火锅店开业，打出的优惠是蔬菜随便吃。我们拿着宣传单研究了半天策略，然后冲进学校附近的家乐福。既然蔬菜和锅底都不要钱，那我们干脆自己带肉去吃吧。我们买了牛肉、羊肉、鱼丸、虾饺、蟹棒……十几个人把东西分别藏在书包里，浩浩荡荡地杀向了那家可怜的火锅店。

我们象征性地点了一盘最便宜的牛肉和几个凉菜，要了几篮子免费蔬菜，就开始大快朵颐。一盘牛肉倒下去，每人捞不到一筷子就没了。大林瞅准机会，悄悄从包里掏出一盒牛肉，一股脑儿地倒进了锅里。大家又愉快地吃了起来。

新店开张优惠力度大，店里塞满了顾客，老板忙得团团转。于是，我们开始放心大胆地从包里拿出各种东西丢进红油锅里，几袋鱼丸，一大把金针菇，几片羊肉，吃得开心极了。偶尔服务员路过，我们就喊，来盘儿蔬菜，于是服务员就跑去端菜，我们就继续往锅里加料。

吃着吃着，大林从嘴里吐出一截绳子，她很不高兴地喊："老板，你们家金针菇怎么连绳子都不解开。"所有人当场石化，我使劲儿拍了一下她的脑袋，压低声音说："笨蛋，金针菇是我们自己带来的。"老板带着一脸歉意走过来，我赶紧故作大方地说："没事儿，没事儿，我朋友看错了。"老板看了看大林吐出来的绳子，说："哎呀真对不起，第一天开业疏忽了，要不给你们打个八折吧。"空气一下子凝固了，我们互相看了看，不知道怎么接茬儿。老板以为我们不满意,又连说了好几次对不起。我只好不停地安慰老板说:"没事儿,没事儿,一根绳子吃不死人,老板你别放在心上。"老板带着一脸歉意走开了。

算账的时候,面对二十份蔬菜的筐子,老板的表情充满了疑惑。我看见锅里还漂着一个鱼丸,老板低头看账单,大林迅速把鱼丸捞出来放进了嘴里。这一顿,我们十二个人吃了四十七块,老板还给打了个八折,才花了四十块钱不到。

可怜的火锅店的老板,我直到现在依然对她心存愧疚。

大林的童年很苦,她妈妈一个人拉扯她。不知道是不是因为缺少了父爱,大林硬生生被逼成了一个要强的女汉子。相比之下,大林妈妈反而细腻敏感得多。

有一年夏天,我们去大林家做客,她家在大连金州。大林妈妈做了一桌子菜,我们光顾着吃了,一开始没发现异常,后来觉得不对劲,她妈妈似乎欲言又止,显得很拘谨。

我一想,坏了,阿姨肯定是有什么想法。于是赶紧说:"阿姨我不是大林男朋友,天朔也不是。"听我这么说,她妈妈的表情立刻就放轻松了。是啊,哪个做母亲的看见自己女儿往家领回来几个男孩子,不得紧张半天。尤其是我和天朔这样的人,着实挺容易让人焦虑的。脑袋上的黄毛还没有褪干净,个子不高,一脸坏笑,自己女儿和这样的人交往,学坏了怎么办?

大林说,她妈妈一直对她的未来很操心,生怕女儿重蹈自己的覆辙,嫁错了人。当妈的吃过的苦,绝不忍心让女儿再吃一遍。

每当大林说起妈妈,眼圈都会泛红。我从未见过这样的大林,

{人长大了,开心都想哭}

有时觉得她强悍的外表看上去更像是一种伪装。她说一定会让妈妈幸福的，她是这个家里的男人，得把家扛起来。

即使生活很拮据，大林对朋友也从没有抱怨过一丝一毫。她宁可亏待自己，也绝不让朋友受委屈。

有一阵子我穷得揭不开锅，每天只能在食堂里吃米饭配免费汤。大林知道了，拉着我跑到 ATM 机旁。她插卡，输密码，让我看，账户里有五百块钱。

她指着 ATM 机对我说："马马也你看，我还有这么多钱呢，有我一口饭吃，你就绝对饿不死，别把自己搞得那么可怜。你是我的朋友，天天喝免费汤，让我多没面子。"

我感动得要死。

敢把所有家底儿都亮出来的朋友，这辈子也就只有大林一个了。

这样的朋友一辈子交一个，够了。

04#

大林，乍一看挺难看的，仔细一看更难看。虽然相貌一般，但她身边依然不乏追求者，对此我们几个人都百思不得其解。难道喜欢她的人都缺少父爱，看上了她周身散发出的阳刚之气？

大林对此嗤之以鼻。她坚信自己是个挺有女人味儿的姑娘，那些追求她的人都是脱离了低级趣味的人。我说，他们不仅脱离了低级趣味，还有可能是准备出柜而不敢，只好找个替代品，虽然你是个女的，但是你身体里面住着个糙老爷们儿。大林气得干瞪眼。

女人味儿这种东西确实是需要看对象的。有好几次，我们几个正在打闹，大林的手机响了，她示意大家安静，然后用一种特别温柔的腔调接听电话："喂，亲爱的，人家在上自习啊，讨厌……我也想你……"我们几个胃里一阵翻涌，纷纷做出恶心的表情，大林狠狠瞪了我们一眼，走到旁边继续腻歪，脸上还带着娇羞的表情。

大林的男朋友像是个传说，只闻其声不见其人。之前喝可乐比赛，大林拼命赢得的电话卡，也是为了给男朋友打电话。大林不愿意多说，我们只知道她男朋友不在本市，比大林年长几岁。

大林时不时地就会坐火车去看他。有一次我们在宿舍楼下唱歌喝酒，大林反反复复唱着《一辈子的孤单》，唱到动情处竟有点儿哽咽。唱完了，她掏出厚厚一沓火车票，说，一来一去就是八个小时，比我和他在一起的时间还长。这些是我爱他的全部时间，都在这里了。说完，她把那些火车票一张张撕碎，往天空中一丢。

大林失恋了，不是第一次失恋，却是最刻骨铭心的一次。在我们面前，她一滴眼泪都没掉，只消沉了几天，就又变成了那个疯疯癫癫的大林了。我知道她心里的伤还在，但她不愿意让我们看到，伪装坚强她很在行。

那个男人给她带来的伤害不仅是精神上的，还有肉体上的，大林怀孕了，而那个男人却闷不作响地消失了。大林一个人去了

　　　　　　　　　　{人长大了，开心都想哭}

医院，我们谁都不知道。后来说起这件事儿，她说她不想让我们看到她落魄的样子，那是她人生的最低谷。我说："大林你真是太不够意思了，我们不是说好的吗？无论什么困难都要一起扛。"大林说："你们的困难我可以扛，我的困难我自己一个人扛。把好的留给你们，不好的都留给自己，这是我的人生信条。"

我摸了摸她的头，叹了口气，真是个傻姑娘。

我们几个都想为大林出一口恶气，可她却说，算了吧。

"我靠，这怎么能算了，欺负你，就等于欺负我们哥几个，这仇必须得报。"

我们连拉带拽地把大林拖到火车站，买了时间最近的火车票。不知道为什么，那趟火车塞满了人，连只苍蝇都飞不出去。火车开了不到十分钟，我就已经出现了眩晕恶心的症状。到达目的地至少还得三个小时，这样下去，不被挤成纸片人儿，也得被热气给蒸熟了。

我对高天朔说："赶紧放大招。"天朔心领神会，用尽全身力气挤出一小块儿空间，弯腰脱鞋，扒掉袜子。我们几个人赶紧用手和纸巾捂住鼻子，只用了一秒，周围拥挤的人群就自动退散，在天朔的周围出现了一小片无人地带。大家边退边骂，说你这人怎么这么缺德，脚这么臭还脱袜子。

终于没那么挤了，我说："天朔把袜子套上，收工。"我们几个人总算是有了能够活动的空间，但那臭味却久久不肯散去。大林笑着说，脚臭的人身体好。我们捂着鼻子说不出话来，不作死就不会死，想要不挤就只能忍着恶心了。

三个小时之后，火车到站，我们逃命似的冲下火车，在站台上大口大口地呼吸着新鲜空气，火车内外宛如地狱和天堂。

　　我用大林的手机给那男人打电话，约他出来见面，准备好好收拾收拾这个衣冠禽兽。电话却始终无法接通。

　　"龟孙子玩消失，只能杀到他家里去了！"我愤愤地说。

　　站前广场，我们几个人坐上三蹦子，向男人家的方向疾驰而去。

　　到了地方，下了车，屁股被颠得已经没了知觉。

　　我随手捡了一块儿板儿砖，装在了书包里。

　　在小区转了半天，大林也没想起来男人家到底是哪栋楼，哪个单元。我们只能坐在小区门口干等碰运气，守株待兔。

　　火车上折腾了大半天，我实在累得够呛。抱着板儿砖，不一会儿竟然睡着了。再次醒来的时候，已经是后半夜一点多。

　　我们几个闲扯了一会儿，一辆出租车停在了小区门口，车上下来一男一女。男人一手扶着女人，一手拎着一只妈咪包。女的挺着个大肚子，看起来应该有七八个月了。

　　两个人慢慢走近，大林的身体开始微微颤抖。

　　"是不是这个王八蛋？"我问。

　　大林点了点头，我站起来就要冲过去，大林却一下子抓住了我的胳膊，我用力想要挣脱开，她就更用力地抓着我。我能感觉到她的指甲刺到了我的皮肤里，一阵火辣辣的痛。

　　她看着我，一字一句地说："马马也，算了吧，至少他对另外一个人负责了。"

　　还没等我反应过来，只听有人大叫一声："干你娘！"

　　　　　　　　　　　　　　{人长大了，开心都想哭}

一个身影从我和大林身边飞了出去，还没等我们反应过来，一块板儿砖已经在那男人脑袋上开了花，血一下子就涌了出来。

　　男人回过头来，惊恐地看着高天朔。他身边的女人一看到血，就晕了过去。高天朔指了指我们这边，那男人转头，看见了我和大林，我朝男人竖起了中指，大林学着我的样子也朝男人竖起了中指。

　　我们三个雄赳赳气昂昂地从男人面前走过，等出了小区，我们立刻狂奔起来。

　　跑了不知道多久，确定后面没人追我们，我们才敢停下来喘口气。看看彼此，忍不住大笑了起来。

　　"我本来想过去好好说一声再见的，全被你们给毁了。"大林居然流露出了一丝失望的表情。

　　"说个毛啊，这种男人就得见一次打一次。你就是太善良了。"我还生气着呢。

　　半天不见天朔说话，我推了推他，说："你刚才真是太帅了，简直为民除害！"

　　天朔把我的手放在他的大腿上，说："你感觉下，到现在还在发抖呢。砸下去的时候，我心里说坏了，这下手忒重了一点儿。"

　　"死不了的，坏人都命长。"我安慰他说。

　　那男人会不会死掉，女人会不会因为惊吓过度而流产，小区里有没有人报案，这些都无从知晓，唯一可以确定的是，我们帮大林出了一口恶气。

　　这傻姑娘还为那男人担心了一阵子，后来男人主动打来电话跟大林道歉，大林如愿以偿地好好地和他说了再见。

大团圆结局，一般都是用鲜血换来的。

05#

大林身边从不缺少追求者，她却懒得为他们费心。他们越是献殷勤，大林就越是敬而远之，她说她需要兄弟多过于男朋友，以至于她的兄弟越来越多，渐渐地，都快变成兄弟会的大姐头了。

我们都说，这样下去恐怕情况不妙，果然就有学妹递来了示好的小纸条。

其实大林心里头一直有一条择偶的金线，她想要找一个踏实的人，能够让妈妈安心。另一半一定要对妈妈好，好的程度甚至可以超越对自己好。

众多追求者中，有一位一直锲而不舍。只要大林出现，他必如影随形，图书馆、自习室、食堂，他从不多说什么，就是默默地陪着。大林心情好，那男生就和她聊聊天。大林不想说话的时候，他决不打扰。

渐渐地大林有些动摇，带他来见我们。男生个子不高，身材清瘦，唇红齿白，长相清秀，我们都认为这男生比大林好看太多了。我们故意打趣大林："这么好的小伙子怎么就看上你了呢！"

这个叫王博的小伙子，哪里都好，就是缺点阳刚之气，正好和大林互补。我们去 KTV 唱歌，小伙子只唱张信哲的苦情歌。他握着麦克风，翘着兰花指，声音酷似魔力红的 Adam，听得人鸡皮疙瘩掉一地。

大林加班到很晚，王博就在电视台门口等着，不管早晚，不管冷热，不管是下雨下冰雹还是下刀子。

两个人态度一直暧昧，友达以上，恋人未满。

我们都劝大林给彼此一个机会，但她却始终不肯往前迈出一步，又怕残忍拒绝会伤害这个单纯的小伙子，于是把自己放在了一个进退两难的位置上。王博锲而不舍的，大林总是觉得亏欠了他。

毕业前夕，大林决定和男孩摊牌。在回学校的路上，两个人遇到流氓抢劫，男孩吓得够呛，把身上值钱的东西都掏出来了，流氓还不满意，想搜大林的衣服，男孩不知道哪儿来的勇气，冲上去死死抱住流氓的腿，让大林先跑。流氓掏出刀子就要往男孩身上扎，大林冲上来死命抓住匕首，狠狠地咬了流氓的胳膊。流氓急了，一脚把男孩踢翻，照着大林的小腹就是一刀，然后转身就跑了。

男孩抱着大林一路跑到医院，幸亏刀没有扎在要害部位，而且扎得不是很深，加上抢救及时，医生说大林没什么大碍，就是要休养一阵子了。

我们听到大林被人给捅了，当时吓得就不行了，恨不得坐火箭飞到医院去。看见我们来了，她又露出了那种招牌式的低智商的微笑。

我说："亏你还笑得出来，你丫要是死了，我们可怎么办！"

这二货竟然摇头晃脑地唱起歌来："我可以为你挡死，你说要不要？"

"你脑子坏了吧，受这么重的伤，还有心情唱歌。"我真是又好气又好笑。

"你不懂，这一刀是我欠王博的，现在还给他了，可以理直气壮地拒绝他了，现在我们变成了生死之交。"

06#

一转眼到毕业了，那时候还不懂得，有些再见说出了口，就变成了永别。

告别带来的伤感，会在未来的某个日子里突然袭来，只是那时候我们都还不懂得告别意味着什么。

我和大林送高天朔回家，一路上依然像往常一样开着玩笑。

高天朔上了火车，摆好了行李，站在窗口的位置跟我们告别。我突然伤感了起来，眼圈泛红，大林和高天朔也一样。为了不哭得太难看，我努力忍住眼泪，轻轻哼着不成调的歌："不要走得太匆忙，你我之间，有一座桥梁……"我断断续续地哼唱着，眼泪止不住地流。

人生就是这样

{人长大了，开心都想哭}

风风雨雨 变化无常

清晨 黄昏 太阳 月亮

平平淡淡 匆匆忙忙

你曾经给我过悲伤

我曾经给你过凄凉

你曾经给我过光芒

我也曾给你过希望

你我就是这样

喜怒哀乐 表情无常

你不曾说 我也不讲

欢喜悲伤 写脸上

你曾经给我过悲伤

我曾经给你过凄凉

你曾经给我过光芒

我也曾给你过希望

风儿吹红了太阳

雨儿淋湿了月亮

不要走得太匆忙

你我之间

有一座桥梁

　　我最好的朋友，去了远方，我只能送他到这里。此地一别竟
成了最后一次相聚。

一些人来了，一些人又走了，朋友这两个字，却随你一起消失在了火车起程的那一刻。

07#

毕业之后，大林回到了大连，在一家外企工作。她每天穿着职业装，过起了朝九晚六的上班族生活。我们偶尔联络，她有好消息总会告诉我。

大林妈妈找到了一位如意郎君，新婚生活甜蜜美满。妈妈有了依靠，母女俩相依为命变成了一家三口的美满团圆。妈妈唯一放心不下的就是大林还单着，总催着大林赶快结婚，让小家庭变成大家族。

大林说，妈妈找到归宿，自己终于可以不用扮成女汉子了，可以重新出发，追求自己的理想和幸福了。

再次见到大林，她穿着西装，戴着金丝边眼镜，和学生时代判若两人。看见我，她依然露出了那副招牌式的难看的笑容。往事一瞬间袭来，她再怎么变，骨子里还是那个大林啊。

我仔细端详她，总觉得哪里不对劲。她摘下眼镜我才发现，这孙子竟然割了双眼皮儿。我当场笑得蹲在地上直不起腰来。

头发梳得整整齐齐的大林、穿着一身职业装的大林、皮肤白白嫩嫩的大林、割了双眼皮的大林，再也不是那个凶巴巴、所向

{人长大了，开心都想哭}

披靡、替人出头的女汉子了，有一丝伤感在我胸中涌动。

我们都长大了。

晚上大林带我去见追求她的那个小鲜肉。男孩斯斯文文，白白净净，说话轻声细语，一看就是家庭出身都不错的孩子。

我问大林，准备什么时候结婚？

她小声在我耳边说，我也不确定是不是要跟他。

我说，这样的素质打着灯笼可都不好找，你别太挑剔啊，差不多就可以了。

她说她喜欢粗犷一点儿的，这种细皮嫩肉的总觉得哪里不对。

我只能，呵呵。

后来，大林嫁给了一个肌肉男，婚纱照上的她显得特别娇小。

再后来他们生了一个黑胖黑胖的娃娃。

我们彼此都找到了幸福的归宿，即使再无缘相见，也会在某个夜里想起在一起度过的那些疯疯癫癫的青春时光。

不知何时能再在一起高歌一曲，但愿这世界上所有的相聚，都是曲终人不散。

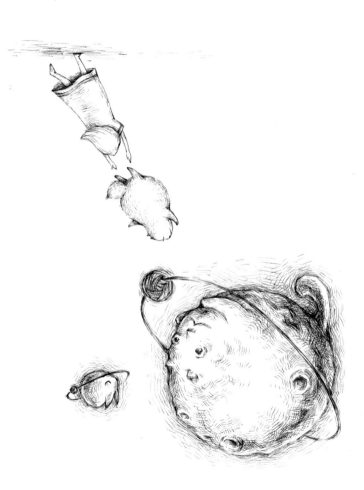

读完这本书后

你的任何感受都可以晒到新浪微博上

以#带个故事走吧#为主题

并@马马也马马也

作者有可能为你写一个故事

作为送给你的专属礼物

活动时间：截止至2015年12月25日

06

> 有些爱，不得不各安天涯

{ 人 长 大 了 ， 开 心 都 想 哭 }

01#

小学的时候，海就已经是学校里的风云人物了。

西瓜太郎的发型让他看上去蠢萌蠢萌的，但骨子里却总散发出一股妖娆的气息。我与他同年不同班，他们班男生私底下总议论他，说他从不和男同学玩，甚至怀疑他女扮男装。

整个小学阶段，海没有一个男生朋友，男孩子们的游戏和体育运动他一概不参与。但在课间和午休时间的操场上，总能看到一个顶着蘑菇头的高个子男生，在女孩子们裙裾交会的空隙之中，围着皮筋上下翻飞，不亦乐乎。

不和男生交往，却深受女生喜爱，海绝对是同龄人眼中的异类。

海一战成名是在学校的文艺会演上，带着他们班一众班花，跳了一曲郭富城的《对你爱不完》。那个年龄段的女生稀松干瘪，正处于发育到半成品的状态，还没有舒展开来的五官只能依稀看到未来的走向。所以，海无论是在身材还是相貌上，都可以跟班花平起平坐。

音乐响起，台下的同学都兴奋起来，会唱的不会唱的全都跟着郭富城一起吼两嗓子。班花们在台上不知所措地扭动着僵硬的肢体，机械而做作，像是一群还没出师的新厨站在台上练习颠勺。

这样的表演让台下的同学兴味索然，有好事者开始起哄，朝班花发出刺耳的嘘声。眼看着演员们的情绪濒临崩溃，海突然冲到了舞台最前面，夸张地扭动起自己的身体，这样的举动瞬间点

{ 人长大了，开心都想哭 }

燃了观众的情绪，人群中爆发起阵阵欢呼。尽管同伴们舞技拙劣，但海跳得却越来越投入，几乎达到了一种忘我的状态，用今天的话来形容，简直就是"骚爆了"。

一曲跳罢，全场起立叫好，掌声雷动，现场气氛就跟开巨星演唱会一样热烈。大家都在窃窃私语，打听台上这位大神的来头。打听来打听去，他从不和男生交往的事儿，难免就被人添油加醋地过分渲染了。传着传着，海的名字从李德海，变成了"安德海"，而且传得有鼻子有眼，说一个男生如此妖媚，都是因为他起了个"公公"的名字。

海对"安德海"的诨号一点都不介意，令他愤愤不平的，是那些说他女扮男装的谣言。总有好事之徒在厕所尿尿时，特意靠过来瞟一眼他的私处，想要验明正身。这样的行为令他既生气又尴尬，尿斗是不能再用了，只能进蹲坑。可是，这样的举动只令人觉得他是在欲盖弥彰，就更增添了他身上的神秘气息。

02#

初中头两年，我和海依然同校不同班。

相较于小学时代的风光，初中时海明显低调了许多。虽然他依旧保留着那万年不变的锅盖头，但那股子阴柔的气息却在慢慢减淡。偶尔轮到他们班主持升旗仪式，海作为代表站在国旗下，用极其温柔的语调带领大家呼号宣誓的时候，才能隐约看到他当年风骚的影子。每每这时都有情窦初开的少女看得口水横流，顾不上老师投过来"禁止喧哗"的眼色，交头接耳道："哇，这个同学好帅啊！""他好像是二年级三班的，好想认识他啊！"

那个年代，阳刚之美退居二线，白、瘦、阴柔的花样美男逐渐开始走俏，而这几点海的身上都有。于是，总有女生课间来教室后门围观，想制造一个"转角遇到海"的邂逅；低年级的学妹由于羞涩，递纸条者甚多，但海大都冷却处理。时间一长，女生们得不到任何回复，便偷偷地议论起海的性取向。于是乎，"安德海"的传说重出江湖。爱慕者们捶胸顿足，哭天抢地，大声咒骂海的父母，怨他们给自己儿子取了这么一个娘炮的名字。

初三的时候，因为一次校园暴力事件，海他们班好几个涉事的男生被开除，余下的同学则被分插到了不同的班级。我和海就这样成了同桌。

"安德海"的传闻愈演愈烈，连我终于也忍不住了，问他是不是真喜欢男生，他说："我除了不太喜欢我自己，只要喜欢我的，男的女的我都喜欢。"

这话说得五迷三道，我听得似懂非懂。

在海的世界里，他似乎一直都把自己当成是可有可无的存在。他小心翼翼地对待每一个人，那些嘲弄他的人，他懒得理会，那些喜欢他的人，他也只是对她们报以微笑，从不言语什么。

有一次，他郑重其事地对我说，一个连自己都不喜欢自己的人，是不值得被别人喜欢的。

{人长大了，开心都想哭}

当时我不理解，直到很久很久以后我才明白，如果一个人在人生观、世界观形成的初级阶段，就认定自己的存在是多余的，那这个人终其一生都会生活在安全感极度匮乏的状态下。

海和我都是这样的人。我们从小就生活在离异再婚家庭，常常被当成是多余的存在。我们从小就得学会不停地讨好别人，可是越讨好别人，就越讨厌自己，对自己的憎恶成为了一种挥之不去的阴霾。

我父亲再婚之前，一直抱怨我是他的累赘，耽误了他的幸福。年幼的我不明就里，对此十分自责，认为是自己的存在令得父亲生活不幸。

幸好，父亲终于再婚。而我，则变得更加多余，几乎可有可无。

海的状况比我更加不幸。他父亲再婚之后，继母又给他生了个弟弟。在那个家里，他几近透明，甚至有点儿格格不入。

我和海之所以成为好朋友，是因为我们都是家庭生活中的不和谐因素，于是课余的时间就厮混在一起，四处晃荡。

海有一个看起来十分完美的外表，他把真实的自己包裹在外表之下。他对人微笑，看起来健康、开朗、干净、温暖，甚至有点儿世故。

但其实我们都一样冷漠、孤僻、阴郁。

关于家庭，我们交流得并不多，这似乎成为了一种禁忌。偶尔海会小心翼翼地问我："你后妈对你怎么样？"我撇撇嘴回答说："别提了，多吃块肉都直翻白眼。"

他转过头下意识地看了看窗外，愤愤地说："怪不得你也瘦得像狗一样。"

那个时候，我们总是饿着肚子，怎么样都吃不饱。

当别的同学都在啃着汉堡或者锅包肉的时候，我和海的晚餐永远是小浣熊干脆面配白开水。

03#

初三下学期，海的身高像打了激素似的一路猛增，几乎在一夜之间就蹿到了一米八三。突然之间长成了校草，仰慕者呈几何级数增长。姑娘们变着花样地讨好他，无论是早饭还是中饭，都有人连着情书一起塞进他的书桌里。到了下午肚子咕咕乱叫的时间，竟然也会有人贴心地送来各种零食。

凭借着帅气逼人的脸庞，我和海终于摆脱了食不果腹的悲惨生活，过上了衣食无忧的生活。

有一次，海从书桌里掏出一个肯德基汉堡，得意地说："要不是老子出卖色相，你小子能天天吃香的喝辣的，哼！"

我狠狠地咬一口他递过来的汉堡，说："要不是这些姑娘，我们说不定会因为过度饥饿影响脑部发育，在考试中名落孙山，不得不提早走上社会，过起没羞没臊的生活。"

海说："虽然蹭吃蹭喝挺没羞没臊的，但青春的空虚是需要用食物来填满的，如果不能吃饱，青春也会变得暗淡无光了。"

{人长大了，开心都想哭}

我一脸坏笑："青春需要食物，食物来源于姑娘，所以青春需要姑娘。"

04#

这一年，我和海考进了同一所高中。

高中生活无聊到令人发指，唯一庆幸的是，女生们越来越漂亮了，她们终于摆脱了初中时期的土包子形象，开始打扮得花枝招展。

身边的男生女生都开始偷偷摸摸地谈起恋爱，但海对众多示好者依然无动于衷。爱慕他的女生与日俱增，她们锲而不舍地将情书和零食塞进他的书桌里，期待有一天海会被自己的诚意打动。

偶尔再有人试探性地询问他的性取向时，他索性两手一摊，大大方方承认自己真的是比较喜欢男生。

日子在枯燥的写写算算中艰难前行，谁喜欢谁、谁又跟谁在一起的绯闻出现，顶多热闹个三五分钟，大家也就各自散去了。桃色新闻终究抵不过模拟试卷。

终于挨到高三上学期，大家都有一种审判日期即将来临的悲壮感。

突然有一天，海神秘兮兮地跑来找我，说："我记得，你投篮挺准的，教教我。"

听他这么说，我简直惊掉了下巴："你丫投篮？快别逗我了，你是花样美少年，见过篮球长什么样吗？"

听我这么说，海急了，直冲我嚷："你小子怎么那么多废话！"

我讪笑："此事必有蹊跷，放着好好的美少年不当，转型当灌篮高手。你是不是喜欢上哪个帅哥了？"

听我这么说，海的脸涨得绯红。

我得意起来："靠，难不成我还真猜对了，学打篮球，你丫不是要出柜了吧？"

海的脸更红了，生气地说："你才出柜呢，你全家都出柜！"

说完头也不回地走了。

留下我一脸错愕，独自在风中凌乱。

05#

海，这个从小跟着小姑娘跳皮筋长大的男生，真的开始学！打！篮！球！了！

事态的转变不仅使我感到讶异，更在他的粉丝团里掀起了一阵腥风血雨。那些小姑娘激动坏了，凑在一起就谈论海，说着说着就笑得花枝乱颤不能自已，说："总算没白等，铁木开花了，他还是有可能变回直男的！"

后来我才知道，他变化的动力来源于一个女生。当海终于坦

{人长大了，开心都想哭}

诚自己有了喜欢的女生时，竟让人有了一种枯木逢春的惊喜感。消息很快就传开了，他的女粉丝们得知了这一消息，无不欢呼雀跃，每个人都觉得自己就是袁湘琴，分分钟会被江直树捡回家。一下子看到了希望的曙光，所以她们塞进课桌的早饭的花样也越来越多。

第二天，我和海早早地来到了学校操场。晨光刚把操场的一角照亮，在微微泛红的光影中，几个早起的身影在球场上奋力地练习投球。

海迎着阳光，眺望着操场的另一边。

我顺着他的目光看过去。

一个女孩穿着肥大的校服，站在罚篮线上一次又一次地投篮。投篮的姿势并不标准，甚至有点笨拙，但命中率却出奇的高，投十个估计能进七个。

即使离得很远，我也看得出这个女孩绝对算不上漂亮。

海抬起头迎着阳光，微红的朝霞映亮了他的脸庞，他竟露出了一丝不易觉察的微笑。这微笑干净得几乎没有人可以抵抗，也许那个女孩也不能幸免。

遗憾的是，这笑容她从不曾看到，最起码没有在真实的世界里看过。他们在彼此最灿烂的岁月里凝望与被凝望，来不及四目相对，就被时间的洪流驱散了。你以为美好近在咫尺，但那一步之遥终究会变成触不可及，成为人生中缺失的遗憾。

这是我的遗憾，是姑娘的遗憾，但却不是海的遗憾。这样远远地看着，就已经是他生命中的一个奇迹，他并不奢求什么。

海问我："你知道喜欢一个人的感觉吗？"

我说："老子喜欢校花，校花连正眼都不看我一眼，却天天给你买早饭！喜欢一个人的感觉就是羡慕嫉妒恨！"

海目视着前方，幽幽地说："你们这些凡夫俗子就是肤浅。"

我狠狠拍了一下篮球，说："老子免费给你当陪练，还落得一个肤浅的下场，你丫到底练还是不练？"

那天，海投了一百多球，无一命中，只有几球勉强碰到篮筐或者沾到篮板。

海累得气喘吁吁，操场另一边的姑娘依然一遍又一遍地，用难看的姿势奋力投篮。

海有气无力地对我说："马马也你知道吗，喜欢一个人的感觉就是远远地看着她。我喜欢上她的那一刻，也喜欢上现在的自己。"

喜欢一个人让海找到了喜欢自己的感觉，喜欢一个人让他想要开始和自己和解，喜欢一个人让他开始变成那个阳光、温暖的自己，而不再陷入自怜自艾的情绪中无法自拔。

那天早上的海，似乎找到了某种方向，他下定决心朝那个方向努力一次。

如果时间能够倒流，我多希望当时能拉着海去和女孩打个招呼。也许跨过了那条隐形的界线，幸福就会降临。正是这条界线，让两个人仿佛生活在平行时空一样，没有交集。

这条界线既是命运使然，也是海自己给自己下的咒语。在没有摆脱之前那个冷漠、孤僻、阴郁的自己之前，他无论如何也没

{人长大了，开心都想哭}

有办法向前一步。学习投篮，似乎变成了某种仪式。只有完成了这个仪式，海才能摆脱束缚，去追寻那被朝阳光芒所包裹着的幸福。

但操场两边短短的几十米的距离，海终其一生，也没有走完。

06#

学校里到处张贴的都是关于一年一度的校际投篮大赛的海报，广播台也在白天黑夜地重复着报名的要求。比赛分为男女两组，男生投三分，女生是罚球线，各产生一名冠军。据说今年比赛是佳能赞助的，冠军的奖品是各一台最新款的佳能相机。

经过一个月的练习，海的命中率勉强能达到十中二三的水平。

偶然走运的时候，能够连进几球，他高兴得像个孩子。

他问我说："你看我有希望吗？"

我怕伤了他的自尊，就很委婉地说："杀出第一轮应该还是有戏的。"

他想得倒是很开："那也不一定，你别那么悲观嘛。"

我实在想不通，问他："就凭你这条件，什么姑娘追不上啊，何必非强迫自己，死乞白赖学自己不擅长的东西呢？"

他嘿嘿一笑，道："说你肤浅你还不乐意，等你喜欢上一个人的时候，自然就明白了。想要为喜欢的人从头发到脚趾地努力一次，这样的心情只可意会不可言传。"

我压低声音："别说哥们儿不帮你，我都打听过了，人家姑娘特别喜欢摄影，想要一台照相机。她参加比赛应该挺想拿到那台相机的吧，要不咱们凑点钱，买一台送给她算了。"

他用从没有过的坚定的语气对我说："马马也我从来没有和你说过，我为什么要玩命练习投篮吧？因为我相信她肯定能拿冠军，我也要拿冠军！"

这话说得没头没尾的，听得我不着边际。难不成这小子是想通过冠军的光环吸引女孩的注意？

我再度白了他一眼，说："你丫就做梦吧。"

有一天练完球，海带我来到了学校的荣誉室，玻璃橱窗里面陈列着建校以后每个时期的照片。他指着一个橱窗里面的照片对我说："你看，这些是历年来每一届投篮比赛之后，男女冠军的合影。"

我顿时恍然大悟，这家伙参加比赛，拼了命地想拿冠军，就是为了能和姑娘拍一张照片。

我有点感动，说："没想到你这么纯情。"

海被我说得有点不好意思："她是我第一次从头到脚都喜欢的人。将来等我老了，还可以来这里看看照片。"

临近比赛，海的投篮命中率突飞猛进。这家伙经常练到半夜，刚躺下又爬起来继续练习。他重复着投篮的姿势，就像投篮能够拯救他的整个世界一样。

虽然海的投篮姿势有点儿娘，总能让我想起当年那个跳着《对你爱不完》的"安德海"，但我坚信，他终究会达成自己的愿望。

直到现在，我还常常梦到他和那个女孩一起站在领奖台上。他脸上挂满了微笑，那微笑不仅温暖，还渗透着我从未看到过的幸福。

07#

比赛当天，蓝天、白云，偶有微风，幸福之路就隐藏在金色的银杏叶下面，等待着被发现。从来没见过那么美的校园，连老师们都忍不住拿出相机拍照留念。

这是海人生中最重要的一天。他的粉丝们甚至制作了统一的服装和标语牌，在看台旁叽叽喳喳地给海助威加油。

比赛在一片嘈杂声中开哨。躲在篮球架背后的海，紧张地走来走去，口中念念有词。我凑近了一听，他连佛经都背出来了。

篮球场的另一边，女生也在做着热身运动，压压腿，抻抻手，每一步都认真到位。

我突然想走近看一看她，看看她身上到底是什么东西吸引了海。这个问题困扰我很久了。

我挤过人群，到了球场的另一边。

我近距离地观察她，她不算漂亮，但是属于那种很乖的长相，仿佛只要她微笑，整个世界都会明亮起来。只要她喜欢蓝天、白云和银杏，这世界就只剩下蓝天、白云和银杏。

那一刻我突然明白了，这个让人温暖的女孩，与那些校花、靓女如此不同。那些人能够给予海一个平面，而这个女孩却能给他创造一个全新的世界。这个世界里，没有纷纷扰扰，没有爱恨纠葛，只有平淡、幸福、温暖，这是海一直以来所缺失的。

　　我盯着她看得失了神。

　　她似乎注意到我在看她，轻轻地冲我说了一句："加油。"

　　我说："我不参加比赛的。"

　　她说："我知道，我也为他加油。"

　　原来女孩一直知道海，她一直知道有个叫海的男生在喜欢着她。

　　早知道后来会发生的事，当时我一定拉着海去看她，让他们互道一声加油。这样他们之间就有了交集，故事兴许就有了另外一个结局。

　　可惜，生活永远不是穿越剧，无法反转，无法重来。

　　比赛如火如荼地进行，男女两边都进展顺利。这一天，海如有神助，把前面几个对手都轻松挑落马下，一路杀进了决赛。

　　女孩却十分艰险，半决赛中，她不小心扭伤了手指，勉强晋级。

　　男女双方的决赛同时开打。

　　两个人背对背，离得那么近，近到大口呼吸的声音都听得见。可是又离得那么远，远到好像每投完一球，就离告别更近了一点点。

　　前九轮海和对手战成五比五平。

　　海和女孩同时投最后一球。

　　女孩举起绑着纱布的手……

　　海站在三分线外屈膝、举手、起跳……

　　　　　　　　　　　　{ 人长大了，开心都想哭 }

08#

只差一点点，美丽的邂逅来不及铺开画卷，就变成了凄美的告别仪式。

海的那一球没有投进，而女孩最终得到了冠军。

不知道是不是因为知道女孩受伤而让海分了心。

可是，海的脸上看不到沮丧。

比赛结束之后，他一直望着领奖台的方向出神。

颁奖仪式上，校长捋了捋仅有的几根白发，把奖品发给了女生和海的对手。

摄影师摆好姿势为两人拍照。

猛然间阳光变得格外刺眼，身体由内而外地感受到了秋天的寒意。一瞬间，整个世界偏离了轨道，一个世界被另一个平行世界所吞没。在原本的那个世界里，台上那一对被众人簇拥着的人应该是海和那个女孩，然而那个美好的世界只在想象中停留了一小会儿，就被眼前这个残酷的世界吞没了。

这样的结局，改变了海的一生。

在往后的岁月里，我不断回想着那一天发生的一切，认真地梳理每一个细节，试图找到世界发生偏离的动因。但一切都是徒劳，所有的答案只能归功于命中注定，而不是我和海的相遇、我们成为朋友、他喜欢上那个姑娘，以及他父母的不幸婚姻……

有的时候悲剧之所以是悲剧，是因为剧中人始终活在悲观的世界里。他越是拼命想要挣脱，就越会发现，如果这个世界没有"我"的存在，应该会变得更美好。于是当他开始思考幸福，并为之努力奋斗时，或许他会在某一刹那看到曙光，但却终究因为其悲剧的宿命而彻底毁灭。

在相当长的岁月里，我和海都是属于多余碍眼的角色。白眼看多了，就会不自觉地认为自己的存在对于他人来说是一种负担，幸福感的缺失逐渐退化成了性格上的某种缺陷，自信心总是败给挫败感。

也许正是这挫败感毁掉了最后一投，毁掉了本来可以变得美好一点儿的世界。

09#

我找不到话来安慰他，只能说："比赛输了没什么，姑娘又跑不了，大不了去表白。"

他笑了笑，但笑得心不在焉。

第二天，海来上学的时候，右手上简单缠着一块白色的纱布，里头隐约渗出一丝血色。我问他手怎么了，他没有回答我，而是用左手费劲儿地从书桌里掏出校花准备的早餐，大口大口地吞咽起来，就像是世界末日之前决定把自己撑死一样。

窗外照例有校花的眼线在观察海对今天的早餐是否满意，海

{ 人长大了，开心都想哭 }

出人意料地对着窗外的女生笑了笑，那女生从来没享受过这种待遇，惊喜之下差点儿跌倒在地。

午饭过后，海对我说："跟我去荣誉室吧。"然后头也不回地走了。

我不知道他葫芦里卖的什么药，就一路跟着他走。

进了荣誉室，他四周环顾了一圈，问我说："你能看出什么异常吗？"

我觉得海今天神神秘秘的，他向来也不是故弄玄虚的人啊。

"猜不出，你丫就别卖关子了。难不成你把人姑娘约这儿来了，准备告白，让我给你当见证人？"我没好气地打趣道。

他用手指了指橱窗的照片。我顺着他手指的方向看过去，一堆照片，这不是之前看过的历届投篮比赛冠军的合影吗，没什么异常啊！哎，不对！仔细一看，有一张照片格外奇怪，似乎是少了一半儿，照片上的人不就是昨天投篮比赛得冠军的那家伙吗，少了的另外一半，对，是那女孩！

他指了指自己包裹着纱布的右手，我惊叹："我靠，凶案现场啊。你该不会是用手把玻璃橱窗给砸开了吧？"

他没好气地说："你动作片看多了吧！我早上偷偷去教务处拿了钥匙，正大光明地打开玻璃窗的。只是当时心里又紧张又激动，裁照片的时候不小心把手割破了。"

我惊愕地说："佩服，这你丫也想得出来。偷照片，你也不怕学校处分。"

海说了一句话，让我后来每每想起心里都特难受，他说："这张照片对别人来说，只是个陈列。对于我来说，它是唯一。"

为了得到女孩的照片，海付出的代价远远不止一道伤口那么简单。后来我问过他，如果知道代价如此巨大，是否还会这么做？

他几乎毫不犹豫地点了点头，说："这是我这辈子干过的，最高兴的一件事儿。"

比赛失败让他彻底失去了变成更好的自己的希望，但他心有不甘，想要做最后的努力。他想把那幸福的感觉留住，哪怕只是一张小小的照片。

这是他为了对抗这个世界，所做出的最后的努力。

10#

一道小小的伤口，起初海并不以为意。

一个星期之后，海因为高烧不退住进了医院。

就是这小小的一道伤口，让海彻底告别了校园生活。

他父亲来学校给他收拾东西，我偷偷看到他泛红的眼圈。

一种不祥的预感油然而生。

班主任找到我们几个和他要好的同学，我们才知道海得了败血症。因为用生锈的裁纸刀割破了手指，导致大量细菌进入血液。又没有在受伤后立刻去医院治疗，甚至没有消毒，只是用纱布包扎了一下，耽搁了最佳救治的时间。加上海吃得一直不好，身体

　　　　　　　{ 人长大了，开心都想哭 }

免疫力很差。医生说要做好最坏的打算。

我以前见过海的父亲，那是一个身材魁梧的中年人，跟海之间毫无亲近感可言。可是这次见到他，感觉他一下苍老了十岁。或许在生命面前，那些生活的不顺遂连个屁都算不上了吧。

海并不知道自己得了很严重的病，海的父亲也不想我们去医院打扰他治疗。那个年代，没有网络，没有手机，连 BP 机都算是奢侈品。所以没有人知道，海在医院里究竟过着怎样的日子。

最初的日子里，女孩子们照例会把早餐放进他的书桌里，等到再也塞不进去任何东西的时候，她们再含着眼泪一样一样地丢掉。

校花郁郁寡欢，仿佛一下子失去了人生的方向。就像一朵艳丽的花朵，却不知道美给谁看。

姑娘还是每天在拼命地投篮，重复了一次又一次。我不知道，当她投进第九千九百九十九个进球的时候，奇迹会不会发生？

我偷偷地看她，却体会不到海的幸福感。海的现状并不会改变这个姑娘，更不会改变这个世界。

对于我来说，我不仅有可能失去一个朋友，还丢掉了另外一半的自己。丢掉了那一半阳光、开朗、乐观、每天面带微笑的自己，剩下的这一半自己孤僻、自私、冷漠、苟且偷生……

现实世界里，一切都恢复了平静，日子就在模拟考试中飞快闪过了。

11#

高考结束，同学们回到学校参加毕业典礼，拍毕业照。

出人意料的是，海也来了。

他面色青灰，身体消瘦得厉害，我搀扶他的时候，明显感觉到了他的呼吸很急促。我去图书馆查过资料，知道这些都是败血症的症状。

我的眼泪在眼眶里打转，死死地咬住嘴唇不让它流下来。

他说："马马也，你又不是见到鬼了，瞧你那个样子，别这么怂好吗？"

我勉强笑笑，但肯定笑得特难看。

他说："我病情控制得不错，不过今天我是偷跑出来的，一会儿还得回去。"

他轻轻拂开我的手，示意我说他很好，然后就走进了人群，就像是从来也没有离开过。

我有很多话憋在胸口，却又不知该从何开口。一转眼的工夫，他就又不见了，好像从没出现过。

就连班级合影的时候，他也没再出现。

12#

最后一次见到海，是在医院里。

{人长大了，开心都想哭}

他父亲打电话到我家，说他想要见我一面。他说海偶尔会神志不清，最近还频繁出现了呕血的症状，医生说要家属做好心理准备。

我来到医院，他被隔离在那个小小的白色房间里，病痛的折磨让他瘦脱了形。

我穿好隔离服走进了房间。

他听见有声音，微微张开眼睛，看到是我，费力地笑了笑。

他轻轻地说："马马也，我以为这辈子再也见不到你了。"

我佯装生气地故意背对着他，其实是在偷偷抹眼泪，我说："你丫别扯这些乱七八糟的，不就是有点小病吗，你要不赶快好起来，我就看不起你。"

他勉强支撑着想要坐起来，我赶紧替他把床头摇起来，又垫了一个枕头。

他说："马马也，我自己的身体，你们谁也瞒不了我。我倒是挺放心不下你的，你脾气太执拗了，不要总是跟你爸还有你继母对着干，你试着跟他们一起。咳咳咳……"

话没说完就是一阵咳嗽，我赶紧说："知道了知道了，你就别瞎操心我了。"

他从床边的柜子里拿出一个盒子，递给我说："你要是见到她，替我把这个东西送给她。本来打算毕业那天跟她表白的，谁知道这一病，就错过了。"

我说："这还不简单，我带她来看你，她会来的。"

海说："不用了，我没法再给她什么承诺了，也不想成为她的负担。我最后一个愿望，就是希望她一辈子都过得幸福。我有一段没有遗憾的初恋，我很知足。我现在能做的就是不去打扰她。"

我说："你这个笨蛋，你这算哪门子恋爱啊，赶快好起来啊，说不定那姑娘一直在等你开口呢。"

他看着手里的盒子，说："我一直都很怕自己成为别人的负担，或许我应该试着早一点儿克服心理障碍，勇敢一点儿。那样的话，现在是不是就是另外一个结局了？"

这个傻瓜，一直怕成为别人的负担，一直笑嘻嘻地活着，任何事情都装作不以为意。他总是说，这世上没有了他，或许会变得好一点点。如果没有了他，别人好不好我不知道，但他至少改变了我对这个世界的看法，让我学会了看到生活中的美好，让我看清了阴霾和阳光的界限。即使身处阳光照不到的阴暗角落里，也要面带微笑地朝着阳光的方向大步奔跑。

海让我相信没有人生来孤独，再古怪的人也会找到同类。海就像是另一面的我，积极、乐观、阳光，是我想成为的那个我。

2001 年 8 月 13 日，海安静地离开了这个世界，他的笑容永远定格在了十八岁的那个夏天。

海是我这辈子第一个愿意拿心交换的朋友。

也许有一天，我会老到自己都不记得自己是谁，但他的微笑我会永远记得。

那个招牌式的干净的微笑。

{ 人长大了，开心都想哭 }

13#

在出入境办事大厅的宣传栏里，那张熟悉的面孔微笑地看着我。

过往一切又清晰了起来。

岁月似乎并没有改变什么，照片里的她依然会让人有一种想要安静下来的感觉。

我终于找到了她，这一别就是十五年。

不知道海会不会怪我，过了这么久才找到她。

我排到她的窗口，她例行公事地翻开护照，又抬头看了我一眼。

不知道她有没有认出我来。

很快，出国手续都搞定了，我终于有机会开口："好久不见，你还认得出我吗？"

没想到，她竟然冲我轻轻点了点头。

我说："等我出国回来，我们见个面吧，我有个东西要还给你。"

14#

一个月以后，我从芬兰回来，带着海留下的盒子，一刻也不耽搁，直奔约好的地点。

天气格外晴朗，蓝天、白云，地上铺满了金色的银杏叶，时间仿佛不曾走远。我轻轻合上眼睛，就能看见海和女孩站在学校的操场两边挥汗如雨。

　　只是，这一次的结局会不会稍有不同？

　　她坐在公园的长椅上，旁边带着一个可爱的小姑娘。

　　我站在远处静静看着，突然体会到了，海当年所说的那种幸福。

　　如果此刻站在这里的人是海，他一定会露出那迷人的笑容，轻轻地说："能这样远远地看看就已经幸福到想死了。"

　　我走过去，把盒子交还给它的主人。

　　她轻轻把盒子打开。

　　盒子里面是两张照片。

　　一张是女孩勇夺投篮冠军时的照片。

　　另一张是女孩她们班级的毕业合影。

　　照片里，海微笑着站在女孩身后。

　　毕业那天，海来到学校是为了和女孩一起拍一张照片。

　　他就这样站在女孩班级的毕业照里，默默地守护了她十五年。

　　照片的背后写着："张薇薇，很喜欢你。再见！"

CHAPTER

07

> **夜曲**

07
—
13

{ 人 长 大 了 ， 开 心 都 想 哭 }

"身为一个作家，怎么能不养猫呢？！"编辑在微信上怒吼道，紧接着又发过来一组大文豪和各种猫的合照，"现在萌宠热，这本书要赶快出版，别的稿子都差不多了，就差一篇写猫的……"

　　又是催稿的微信，锲而不舍，每天晚上八点准时发过来。编辑是个执拗的金牛座，咬定了刘斯阳，偏得要他写一篇关于猫的短篇小说。刘斯阳推脱不了，只好硬着头皮接了下来。还有一个原因是，约稿的这家公司是刘斯阳的姐姐刘瞳的。

　　爱情、悬疑、科幻甚至是耽美，写这些都不是问题，不过为了换点儿零花钱，说白了就像排泄一样，牙一咬、心一横，捏着鼻子也就写了。可是猫这种东西，刘斯阳实在想不出有什么可以发挥的，想来想去也找不到切入点。

　　说起来，刘斯阳小时候是养过猫的。一只黄色的中华田园猫，既不好看，也不亲人，反倒是破坏力惊人，来的第一天就在床上拉了一泡屎，这泡屎也成了刘斯阳家庭解体的导火索。

　　刘斯阳父母的感情一直处在崩溃的边缘，两人平常连话都懒得说。这只不经意间闯入的猫似乎打破了某种微妙的平衡。只要它做了什么错事，譬如打碎玻璃杯、咬坏电线、撕烂衣服、到处拉屎等等，必定会引发父母之间激烈的冲突，他们把对猫的恶气迁怒到彼此身上，把最下流的咒骂一股脑地泼到对方身上，恨不得置对方于死地。

　　等骂到筋疲力尽，陷入短暂的休战中时，那只不识趣的猫会突然从角落里窜出来，躺在两人中间不停地打滚。每每如此，必

　　　　　　　　　　{人长大了，开心都想哭}

定会导致父母第二次爆发，要不就是狠狠地朝猫肚子踢上一脚，要不就是抓住猫脖子使劲往墙上扔。接着两个人开始爆发肢体冲突，哐哐哐一顿打，好几次惊动了邻居，还把警察都给招来了。小猫每次受到惊吓，都会躲到沙发下面或者衣柜里面，最长的一次躲了三天三夜，不吃不喝。

那只猫不到半岁就死掉了。一天早上刘斯阳开门去上学，那具小小的、瘦骨嶙峋的、冰冷的尸体就躺在家门口，眼睛半睁着，身上的毛脏兮兮地打着结。刘斯阳拿了张报纸包了尸体，把它扔进了垃圾桶。

小小的少年天真地以为，猫死了，家里又能够恢复平静。只要父母不吵架，只要这个家能维系表面的和谐就行。

可是，那猫的灵魂似乎继续对这个家庭产生影响。父母又陷入到无休止的战争当中，像是被诅咒了一般继续往破碎的深渊滑落。

直到有一天，父亲拿起水果刀刺进了母亲的胸口，然后父亲也决然地从窗户一跃而下。短短几分钟的时间，一个家庭支离破碎，刘瞳和刘斯阳变成了孤儿。

刘斯阳不得不在亲戚家轮流寄居，吃百家饭，忍受各式各样的白眼。最开始他特别恨父母，觉得他们是天底下最不负责任的家长。渐渐地，他才想明白，父母之间也许是爱多过于恨。没有爱怎么会争吵，没有爱又何至于把自己逼入绝境？爱不比死更冷，但爱和死一样，令人绝望。

刘斯阳曾试图认真地交往过一个女朋友，但他始终不确定自己是不是爱对方。每当对方试图更进一步，刘斯阳都会习惯性退缩。他总能在女朋友身上看到母亲的影子，这让他心里隐隐不安。

交往了三年，刘斯阳始终给不了对方任何承诺。女方终于死心，提出分手。刘斯阳没做任何挽留，他十分清楚自己无法和眼前这个女人更进一步，更进一步意味着地狱和深渊，就像自己的父母一样。

任何一个女人都无法接受这样的结果，无论怎么努力都走不进喜欢的人的心里。

"你知道吗，我挺同情你的，你连你自己都没爱过。"说完这句话，女孩就头也不回地走了，刘斯阳漠然地坐在那里。

失恋换来的不是悲痛欲绝，而是对于爱情的彻底冷漠。

接下来的几年，也有几个女人走入过刘斯阳的生活，但都是浅尝辄止，一旦发现有开始沉迷的迹象，立刻抽身而退。他从未和女朋友发生过任何冲突，有几次处于争吵的临界点，他都选择用冷漠和不回应作为处理问题的手段。与其说是为了交往而交往，不如说是某种生理上的需要。

第一夜

五道营沐茗咖啡馆，晚上十点，客人不多，几只肥猫慵懒地躺在沙发上。

{人长大了，开心都想哭}

"交往的意愿是来自于身体，而绝非来自于内心，这点倒和家猫有点儿像。它们是极度讨厌人类的，假意地讨好人类也不过只是为了填饱肚子的本能而已。"刘斯阳把这段话记在了小本上。

稿子已经拖无可拖，灵感这东西又不肯光顾刘斯阳的脑袋，实在是令人懊恼。编辑介绍了一位爱猫人士给刘斯阳认识，现在最快的方法，就是从别人那里学点儿经验了。刘斯阳和那位爱猫者约在了这家咖啡馆见面。

约定的时间过了半小时，爱猫人士依然没有出现。咖啡馆老板关掉了音乐，猫店员们早就睡得不省人事。刘斯阳知道要打烊了，于是收拾东西，买单，走出了咖啡馆。

走到雍和宫大街上，手机传来提示音，刘斯阳掏出手机。

"抱歉，迟到，能在地坛公园东门见吗？"信息简短而明确。

"好的，我步行过去，大约十分钟。" 刘斯阳回复。

穿过雍和宫桥，一路向前，在金鼎轩门口右转，走到下一路口拐进地坛公园东侧，晚上锻炼的人们从公园的方向各自散去。逆着稀疏的人流一路前行，露天羽毛球场的灯光指明了目的地所在。

刘斯阳在地坛公园东门站定，四下张望。只见远处一人，费力地拖着一个便携式小拖车朝他走过来。

走到近前，那人抬起头，用手往上推了推棒球帽的帽檐，帽子底下是一张清秀的面孔，年纪应该不会超过二十五岁。

"我还以为是个去超市抢购打折剩菜的大姨。"刘斯阳打趣道。

"我有那么成熟？"姑娘明显不悦。

刘斯阳指了指姑娘身后的口袋："这不就是大姨逛超市的标配吗！"

姑娘白了一眼刘斯阳，自顾自地朝公园深处走去。

晚上的地坛公园，是另一个静谧的世界，除了偶尔有几个夜跑族头也不抬地闷声跑过，整个公园宛如仙境。

姑娘拖着口袋快步地走，刘斯阳在后面紧跟，就像是猥琐大叔跟踪未成年少女。

姑娘走到一个小广场，停下脚步，从口袋里拿出一堆塑料盘子摆在地上，又拿出一大袋猫粮依次给盘子里倒满。

原来鼓鼓囊囊的口袋里装的全是猫盆和猫饭。

姑娘朝着绿化带的方向喊道："小喵、喳喳、毛球、咪咪……开饭喽！"

不一会儿，十几只猫从四面八方赶过来，每人一盆，狼吞虎咽地吃了起来。

昏黄的灯光下，小小的影子们交织在一起。静谧的公园里，只听得到小猫们嚼碎猫粮时，此起彼伏的、清脆的咔吧儿声。

姑娘和每一只猫说话，并抚摸它们的头，就像是一个幼儿园老师在看着孩子们吃饭。刘斯阳觉得姑娘身上有一种特别的光辉，很吸引人，但是又无法用语言描述。

小猫们头也不抬地吃着，刘斯阳索性坐在了旁边的台阶上。

"你没养过猫吧？"姑娘问刘斯阳。

"养是养过的，不过后来死了。"

"看你的样子就知道你养不好猫。"

"这怎么说？"刘斯阳疑惑地问，"难道光看脸就能看出来我养死过猫？"

姑娘蹲着移到刘斯阳跟前，仔细端详他的脸。被姑娘盯着看，刘斯阳有点儿不自在，但还是保持着波澜不惊的表情。

"人的眼睛是不会说谎的，你这个人是个空心萝卜，看不出任何情感，一脸的冷漠和世故。不是历尽沧桑，就是受过强烈的刺激，总之就是见到了，就赶紧躲你远点儿那种人。"姑娘下意识地往后退了两步。

这话看似调侃，但却无可指责，刘斯阳觉得这姑娘有两下子。

"印堂发黑，脑门偏右有一颗黑痣，看面相你应该是欠了几条命案！我靠，你不会是连环杀手吧！"姑娘的语调有点儿颤抖。

刚好，此时，月光从乌云中露了出来，照在刘斯阳的脸上。他觉得姑娘说的话很好笑，忍不住笑了一下。

"我靠，你还笑得出来，莫非被我猜中了不成……你可不能杀我啊，我还没正经谈过恋爱呢，新买的衣服明天早上就到了，再说你杀了我，这些猫也不会放过你的……"姑娘叽叽咕咕说了一大堆。

"你这么一说，我手上确实有命案的。"刘斯阳假装认真地说道。

姑娘双手抱在胸前，一步一步地往后退。

那些吃完了猫粮的流浪猫，歪着脑袋好奇地看着刘斯阳和姑娘。

"别捂着胸口了，一看就知道没料，即使是坏人应该对你也没什么兴趣。"刘斯阳边说边招手，让姑娘坐在身边。

姑娘小心翼翼地蹭了过来，几只吃饱了的猫踱着步子走到了刘斯阳跟前，几只胆子大点儿的，用头使劲蹭着刘斯阳的裤脚。

　　"话说，也不是我直接杀的，算是间接吧，现在想来确实有点儿心酸。"

　　姑娘疑惑地看着刘斯阳，等着他把话说完。

　　"我小时候养过一只土狗，从小奶狗那么点大，养到半米高。"刘斯阳用手比画着。

　　"我父母因为意外死了，父母的朋友怕我一个人孤单，送了我一条狗，当时它几乎是我唯一的玩伴……"刘斯阳有点儿哽咽。

　　"当时日子过得很艰难，寄宿在亲戚家里，自己吃饭都有上顿没下顿的，更别说狗了。我怕它挨饿，于是每天就去小饭馆里要些人家吃剩下的骨头给它啃。我以为狗吃骨头就够了，但那骨头上根本没有肉，吃了一阵子，狗就生病了，什么都吃不下去，偶尔还会吐血。亲戚嫌弃得不得了，说什么也要把狗给扔了。我只能带着它在街上转悠，实在找不到能够收留它的地方。"

　　姑娘拍了拍刘斯阳的肩膀，表示安慰和同情。

　　"我和那狗走啊，走啊，走了好久，它终于走不动了，躺在地上怎么也起不来了，我知道它快死了，却无能为力，于是我就蹲在地上哭，狗看我哭，就拼命把头靠过来，用舌头轻轻地舔我的手，过了一会儿，连舔我的力气都没有了。我看见它也在流泪，它知道自己不行了……"

　　女孩突然哭了起来。哭了一阵儿，女孩哽咽着说："后来呢，你是不是把它埋起来了？"

"后来，有一个狗贩子经过，问我狗卖不卖。我正伤心呢，就把气都撒他身上，我使劲踢他，但是我太小了，他三两下就把我撂倒了，接着就把狗放进了麻袋里。我只能一路跟着他，他走我就走，他跑我就追，一直耗到大半夜，两个人累得实在走不动了，狗贩子说，小孩，从来没见过你这么执着的，狗反正都要死了，给你五十块钱，买点儿好吃的，别跟着我了。"

　　"于是你就把狗卖了？"女孩抹抹眼泪问道。

　　刘斯阳点点头，说："后来，我用那五十块钱买了个新书包。"

　　"你看，我就说你这个人丧心病狂，这种事儿只有你这种人能干得出来！"姑娘带着一脸的愤怒，鄙视地说道。

　　"所以，我再也没养过小动物，"刘斯阳说，"投入到任何一种情感当中，对我来说都是不能承受的负担。"

　　"包括女人？"

　　"女人也是。"

　　"你不如出家算了！"

　　"总觉得尘缘未了。"

　　"你这不知道要害多少人！"

　　"有办法开解吗，大师？"

　　"把手伸出来，给我看看！"女孩用命令的语气说。

　　刘斯阳摊开手掌给女孩，女孩在微弱的灯光下仔细端详，一只大白猫也凑到女孩的身边伸长了脖子看着刘斯阳的手。

　　女孩托着下巴，思考了一会儿，缓缓地说："看你的手相，虽然童年遭遇不幸，但三十岁以后运势逐渐走高，婚姻美满，儿女双全，命中还有一段猫缘。"

"谢谢你说的吉祥话儿，净挑人家爱听的说。婚姻美满，儿女双全我心领了，但猫这东西我是真心喜欢不来。说不上讨厌，但养猫这件事儿对于我来说还是挺难的。"

"你这人不但冷漠而且固执，都说了你有猫缘，你还不信，那你今天干什么来了？"

"啊，是啊，我今天找你就是为了猫，这就是猫缘。"刘斯阳恍然大悟地一拍脑袋。

"今天就到这儿吧。"女孩把饭盆放进口袋。

"这就完了？我还有好多问题没问呢。"刘斯阳说。

"你先回去研究研究猫是怎么养的，下次咱们再聊，否则你现在像个白痴一样，和你说什么你都不明白。"

"哎，你叫什么名字？"刘斯阳问女孩。

"蔡佳佳。"女孩回答道。

说完女孩拖着袋子头也不回地走掉了，流浪猫也一下子就不见了踪影，四周一下静得令人发怵。刘斯阳竖起了衣领朝着公园大门的方向走去。

回到家里，刘斯阳掏出手机，编辑果然又发了微信，除了例行公事般地催稿，最后还不忘加上一句："姑娘如何啊？"

刘斯阳懒得回复，他打开电脑，百度起养猫的各种信息。想把猫养好还真是挺麻烦的，光猫粮就有几百种，国产粮和天然粮价钱相差几倍到几十倍。猫厕所分开放式、半开放式、单层、双层。

　　　　　　　　{ 人长大了，开心都想哭 }

猫砂分水晶砂、豆腐砂、玉米砂、膨润土、竹炭、绿茶等等。体内外驱虫、绝育、后院折耳猫都有先天性疾病……关于猫的一切，仿佛为刘斯阳打开了另外一个世界的大门。

第 二 夜

　　第二天，刘斯阳早早来到了女孩喂猫的地方。夜跑族呼哧呼哧地从他身边跑过，流浪猫踪迹全无。不知道女孩会不会来，刘斯阳在心里猜测。

　　几乎和昨天的时间一模一样，姑娘拖着口袋从远处走来。刘斯阳举起手想打个招呼，女孩看都不看他一眼，先把饭盆一个个摆好，倒上猫粮，然后呼唤猫的名字。很快流浪猫都围了过来，开始享用晚餐。女孩和每只猫悄悄耳语了几句，才走过来坐在刘斯阳旁边。

　　"看见那只三花猫了吗，耳朵上缺了一角，知道为什么吗？"女孩问刘斯阳。

　　"那表示已经做过节育了。"刘斯阳答道。

　　"哎哟，做功课了哦。"

　　"必须的。"

　　"再问你，如果你养猫，该喂哪一种猫粮？"

　　"天然粮最好，猫粮加自制猫饭是最健康的。"刘斯阳一脸的自信，"不过，我想问你的是，为什么猫都不喜欢人？"刘斯阳反问女孩。

"猫不是不喜欢人，而是没遇到自己喜欢的人之前绝不敷衍。喜欢就是喜欢，不喜欢就是不喜欢，没有中间状态。如果你觉得一只猫怎么都不愿意和你亲近，这说明它真的不喜欢你，而不是不喜欢人类。这点可懂？"

"听你这么说倒是有点儿意思，也就是说，有的猫可能终其一生也遇不到一个自己喜欢的人类咯？"

"这种情况的确比遇见一个自己喜欢得不得了的人的概率大得多。"

"所以有些养猫的人付出了很大的努力去爱猫，但猫就是不给予回应，他们就认为猫是一种不亲人的动物，甚至把猫给抛弃了。"

"这种情况很普遍，大部分人对某样事物投入了感情，也都是期望能够获得回报的。"

刘斯阳仔细琢磨着女孩的话。

"而且一旦被抛弃过一次，猫就再也不会和人类亲近了，哪怕真遇见喜欢得不得了的人，也会保持距离。这是属于流浪猫的心理疾病，是无法治愈的。"女孩补充道。

"猫是如此，有些人似乎也是这样的。"刘斯阳喃喃自语道。

"你想说，猫的这种个性，在你身上也有？"女孩问刘斯阳。

刘斯阳陷入沉思，女孩也不再说话，眼看着小猫们就要把盆里的食物吃完了。

"对了，你故事构思得怎么样了？"女孩打破沉默，问刘斯阳。

"大概有个样子了，但还缺少那么点儿意思，总觉得还有些不对劲儿。"

"讲讲看。也许我能帮你出出主意。"

"故事的开头是这样的……"刘斯阳开始讲故事，"有一对中年夫妻，他们总是吵架，吵得特别凶，还打架，往死里打。眼看着婚姻即将走向解体。有一天，妻子收养了一只白色的小猫，开始像照顾婴儿一样照顾小猫。"

"他们没孩子吗？"女孩问。

"在故事里他们是没有孩子的。"

"也许有孩子就不会成天吵架了。"

"这可不一定，总之因为种种原因没有孩子，"刘斯阳说，"说来也怪，自从有了这只猫之后，夫妻两个人竟然不再争吵了，家里的氛围变得和谐起来。尽管如此，家庭还是处于分裂的状态，丈夫自己占据一部分，妻子和猫占据另外一部分，各自为政互不干扰。"

"也就是说，猫作为第三者使得这个家庭获得了表面上的平和。"女孩说道。

"确实如此，至少妻子把所有的精力都放在了猫身上。"刘斯阳继续说，"突然有一天，妻子失踪了，一句话都没说就消失了。警察调查了好几个月，得出的结论依然是失踪。有好几次发现无名尸体，丈夫去认尸，结果都不是自己的妻子。家里就只剩下大白猫和男人了。猫并不喜欢丈夫，丈夫也讨厌猫。"

"这气氛是有点儿尴尬，丈夫干脆把猫送人不就行了。"女孩说。

　　"猫是妻子留下的一样遗物，丈夫总觉得妻子的失踪和这猫有关系。" 刘斯阳一边思考，一边说道，"五年过去了，妻子最终被认定为死亡，丈夫为妻子举行了葬礼。可是，当一个在你身边吵吵闹闹的大活人突然就那么消失了，生活肯定会产生极大的偏差，丈夫也准备结束生命，可唯一放不下的就是家里那只大白猫。虽然那猫总是不愿意和自己亲近，甚至每当丈夫做出抚摸它的动作时，猫都会做出攻击性动作。就像失踪的妻子一样，每次想要和她亲近，结果都变成了互相伤害，像极了一对相互拥抱的刺猬，两败俱伤。"

　　"这个丈夫的性格不就是你自己吗？只能通过伤害对方的方式来表明爱意，他心里有打不开的结。"女孩忍不住说道。

　　"男人准备好了一大瓶安眠药，该交代的后事也都交代好了，准备了无牵挂地去见妻子了。意识渐渐模糊之际，那大白猫使劲舔他的脸，并发出大声哀嚎的声音。叫声如此惨烈，以至于惊动了邻居，邻居报了警，丈夫终究没有死成。"

　　"猫这种动物，只有喜欢一个人的时候才会伸舌头去舔人。"女孩说。

　　"总之，丈夫得救了，是猫救了他一命。他想这猫一定是他妻子变的，所以平常不爱和自己亲近。但终究妻子还是爱自己的，所以才会在关键的时候救了自己一命。于是丈夫就带着大白猫继续过着平平淡淡的日子。"说完，刘斯阳长长地舒了一口气。

　　　　　　　　　　　{ 人长大了，开心都想哭 }

"这就完了？"女孩问。

"不然呢？"

"没有 happy ending 吗？"

"这是一个悲伤的故事。"

"总觉得还缺点儿什么。你不觉得这大白猫应该不止这么简单吗？"女孩问。

"我对猫的了解实在有限，就这还是在你启发的前提下，想到的故事呢。"

"明天你能不能再来一次，我带你去个别的地方。"

第三夜

女孩照例喂完了公园里的流浪猫，她领着刘斯阳来到了公园里的一个角落。在两墙连接处的底部有一道缝隙，里面似乎有一只猫贴着墙缝向外张望。女孩往缝隙里塞了些猫粮。

女孩拿出手电往墙缝里面照，并示意刘斯阳往里面看。刘斯阳贴过去，只见墙缝里有一只茶色眼睛的白猫正在低头吃着猫粮，头顶上一撮黑毛格外显眼。墙缝里的空间十分狭小，这只猫连转身的空间都没有。

"它小时候受到了惊吓，钻到了墙缝里不出来，慢慢长大了，想出也出不来了。"女孩说，"每天遛早的大爷大娘会喂它点儿东西吃。"

"可怜的小东西。"

"有个传说是这样的，头上带黑毛的猫是一种神秘的猫，一旦它们喜欢上了某个人，就会竭尽所能地帮助主人实现一个愿望。"女孩面带虔诚地说。

"这是江湖传闻吧？"刘斯阳半信半疑地问。

"不管是真是假，你不觉得猫一辈子只有一个主人，一旦它认定了谁是它的主人，它就要竭尽全力地去帮助主人实现一个愿望，这故事不是很美好吗？"

"想回到过去也行？"刘斯阳问女孩。

"只要那只猫爱你。"

"这么说，我只要把这只猫解救出来，它就能实现我一个愿望喽，那我岂不是赚到了。"

"这猫是自己把自己关起来的，它不想出来，也不想去爱谁，它觉得把自己封闭起来才是最安全的。"

姑娘的这一番话怎么听都像是在说刘斯阳。自己把自己关起来的猫、无法再去爱别人的猫、内心受到过创伤的猫，就像这只在墙缝里长大的小猫，外面的世界真是太危险了。没人能救得了它，也没人能够救得了刘斯阳。

如果时光能够重来一次，刘斯阳会不会在小猫钻进墙缝之前就把它给收养了？

刘斯阳和姑娘坐在金鼎轩里面吃夜宵，姑娘边喝饮料边问刘斯阳："如果有机会让猫帮你实现一个愿望，你最想要什么？"

　　　　　　　　{ 人长大了，开心都想哭 }

刘斯阳想了想说："让时光倒流。"

"然后呢？"姑娘问。

"想阻止一些事情发生，想要好好地和父母聊一聊，想让他们好好地爱彼此。"

如果再给父母一次重来的机会，他们还会不会在一起？他们会不会换一个方式去爱彼此？他们会不会活得更加幸福一点儿？刘斯阳特别想知道答案。

如果他们幸福了，自己会不会也能距离幸福更近一点儿？

"如果时光能够重来，你会作出什么样的选择？"刘斯阳最终为文章确立了这样的主题。故事里，妻子失踪，丈夫带着妻子留下的白猫独自生活，终于有一天他找到了与妻子重聚的方法，原来妻子的失踪是为了重新回到起点，抛开约束和烦恼，单纯地再爱一次。丈夫和妻子在时光中相遇，他们的故事无论以何种形式开始，都逃不过彼此，无论重来多少次，注定都要彼此牵绊着走完这一生。

来年春天，楼下邻居的大白猫生下了一窝小猫，其中一只头顶带着一小撮黑毛。刘斯阳想都没想就敲开了邻居家的门。

"你好，我想收养你们家的那只小猫。"

08

> 朝阳北路蹦蹦喵

08
—
13

{ 人 长 大 了 ， 开 心 都 想 哭 }

01#

梦里，煮着花生的大锅冒着滚滚热气，一片氤氲。

我从燥热难耐中醒来，枕头早已被汗水浸透，索性把枕头翻过来睡。我习惯性地伸手朝旁边摸过去，毛毯堆成的壁垒外，空无一物。我只好努力再次睡去，依稀之中又见到那口大锅，咕嘟咕嘟地翻滚着。

一团毛茸茸的东西悄无声息地卧在了我身边。胸口突然一阵刺痛，就像有人在用细砂纸打磨我的皮肤。

微微睁开眼睛，蹦蹦不知道什么时候钻进了我的怀里，用舌头一下一下地舔我，小舌头上都是刺儿，那感觉绝对谈不上舒适。我闭上眼睛摸了摸它的脑袋，它发出咕噜咕噜的声音，表示舒服。

摸了一会儿工夫，倦意袭来，我的手逐渐静止不动了。蹦蹦又开始舔我，于是我又敷衍地摸了几下。猫感受不到诚意，对此表示非常不满，对着我的手狠狠咬了一口，咕咚一下跳到地板上，走到客厅，钻进猫砂盆里，使劲刨起猫砂来。不一会儿，一股浓烈的猫屎味儿爬进了我的鼻腔。那味道如此浓烈，让人难以忍受。我瞬间睡意全无，只能爬起来，赶紧把猫屎处理掉。

打开猫砂盆，一泡稀屎上印着一个清晰可见的猫爪印儿，我顿感大事不妙。果然，回头一看，地板上留下了一长串新鲜的屎迹。待我冲进房间为时已晚，蹦蹦正躺在床上悠闲地舔着爪子，后腿和屁股上的便便连成一片。床上，地上，以及看不见的沙发下面，

{人长大了，开心都想哭}

到处都是猫屎。

大爷的，这孙子竟然软便了！

我顿时起了杀心，拿着猫屎铲就冲了过去。猫也吓了一跳，跳下床，冲进沙发下面躲了起来。

还有比这更让人绝望的夜晚吗？！

拖欠的稿费要不回来，剧本被投资方挑三拣四、改来改去，跟多年的好友大吵一架之后被他拉黑，女朋友不告而别离家出走。

本以为事情不会比这更糟了，直到我看见这满屋子的猫屎。依照墨菲定律，事情永远都可能朝着更坏的方向发展，我对此有了更加深刻的认识。

一肚子恶气无处发泄，胸口阵阵憋闷，我只能不停地深呼吸。得多有耐心的主人，才能忍住恶臭去收拾屋子，而不把猫扔掉！反正我在那一瞬间是动了这样的念头的。

可惜这猫不是我的，是我女朋友的，我无权处置。

把床单和被罩扔进洗衣机，用消毒液清洗地板，带着满脸假笑，又是罐头又是玩具地把猫从沙发下面哄出来，用香波洗去它一身恶臭。洗澡过程中它一直在挣扎，毫不留情地在我胳膊上留下了十几条鲜红的抓痕，最后我还得用宠物吹风机帮它吹干，以防感冒和猫癣。

大爷的，伺候亲生儿子也就不过如此吧！

突然之间，电闸跳了，整个世界一片漆黑。我左手拎着半湿的猫，右手拿着断了气儿的吹风机，洗衣机里沾着猫屎的床单、被罩也刚刚洗了一半。

倒霉是一种喜欢群居的东西，从不独行，它们一会儿排成一字形，一会儿排成 Z 字形，朝着你的方向飞奔过来……想不起来是谁曾经这样说过。

此刻，除了丧心病狂地哈哈大笑，我还能怎么办呢？

笑着笑着，我突然就释然了。已经这么衰了，还能怎样？我不如安心接受，静观其变。

第二天一大早去物业买电。售电的姑娘长得圆墩墩的，把一身职业装撑得都要炸裂了。我想只要一粒米饭的重量就能让这身衣服爆炸开来，让里面的肉肉得到释放，就像月野兔或者绿巨人变身时那样。

请原谅我的职业病，内心小剧场总是如影随形。

她拿着我的电卡忙活了好一阵子，却始终无法购电成功，急得满头都是汗。她怕我着急，连说了十几遍对不起。我心想应该是我对不起你才对，毕竟倒霉的那个人是我，而不是你。

可我终究没有说出口，毕竟自己倒霉还连累别人，是一件顶顶不道德的事情。

02#

回到家里，蹦蹦似乎还对昨天发生的事情耿耿于怀，正眼也不看我一下。不过，这猫向来也是不喜欢我的，每次我想要和它

{人长大了，开心都想哭}

亲近，总以它狠狠地咬我一口，转身跑掉为结局。

八个月以前，女朋友把这只猫抱回了家。小家伙儿通体雪白，甚是可爱。女朋友说这猫是从一位大师那儿领养的，据大师说，这并不是一只普通的猫，而是一只有灵性的猫，可以辟邪招财，尤其是对于我们这些搞文字创作的人来说，简直堪称庇护神器。

"作为一个作家，你怎么能不养猫呢！"女朋友如是说，"季羡林、鲁迅、冰心、莫言、海明威、加缪、村上春树，好多大文豪都是养猫的，猫是他们灵感的源泉。"

女朋友打小一背课文就犯困，高考连语文都没及格。她能一下子说出这么多作家的名字，着实让人惊讶，想必那算命的大师没少给她做功课。

我对养猫既不讨厌，也没什么热情，女朋友倒是兴趣盎然。猫砂、猫粮、玩具，样样恨不得都要海淘。一袋进口猫粮的价格能买二十袋大米，还有各种零食，补充牛磺酸的，去牙菌斑的，比人吃得好多了，蹦蹦在家的地位堪比老爷。

一天早上，我躺在床上玩手机，手机反射太阳光之后，照在墙上形成一大块儿光斑。那猫对那光简直着了魔，疯狂地用爪子扑它。我晃动手机，那光斑在墙上跳跃，那猫就跟着光上下翻飞，跳到最高处几乎能碰到天花板。我被它惊人的弹跳能力所折服，于是给它取名叫蹦蹦。

然而好吃好喝地伺候猫，并没有拉近我和文豪之间的距离。唯一的好处是，女朋友把大部分精力都投入到了蹦蹦的身上，我不再是她唯一的情感投射对象，于是那些定期会发生的争吵和打闹也全部偃旗息鼓了，养猫以来我和她几乎就没有吵过架。即使是我打 PS4 打到深夜，她也不会介意，因为她早就抱着蹦蹦沉沉睡去了。

蹦蹦似乎取代了我的某些功能，对此我甚感欣慰，也乐得有一样东西可以分担女朋友对我的关注。

蹦蹦似乎只认定女朋友是它唯一的主人，极尽奉承阿谀之事。女朋友在哪里，它就一定要待在她身边，还一直舔她的手，往她怀里钻。对此我是有点儿嫉妒的。那猫从不和我套近乎，我甚至感觉它对我很是厌恶，我抱它，它就会眉头紧锁，丢给我一个不耐烦的表情。

八个月以前的蹦蹦十分乖巧可爱。女朋友实施的科学喂养，让它肥嘟嘟的，看起来就像一个雪球。带它去医院打防疫针的时候，大夫说它像个小公主，女朋友得意极了。

为了让蹦蹦有一个健康的未来，女朋友决意在它八个月的时候做绝育手术。家属是不能陪同手术的，进手术室之前，蹦蹦四下张望找不到女朋友，喵生第一次发出了悲愤的哀嚎。

手术的过程不得而知，我想它一定是遭受了巨大的痛苦，并由此性情大变。从一个可爱的公主，变成了一只孤独落寞的肥猫。

还没等从麻醉中醒过来，它就抓破了男护士的手。

失去了性别的蹦蹦，彻底变成了孤傲、高冷的生物。它常常站在窗台上发呆，一站就是一天。对于任何未经它容许的亲近行为，它都用猫特有的方式表达愤怒和抗议——"哈"，使劲地哈，把脸揪成一团地哈，露出獠牙地哈。

　　　　　　　　　{ 人长大了，开心都想哭 }

对于蹦蹦的转变，女朋友很是伤心。她认为有可能是手术时麻醉剂过量，把蹦蹦的脑子给搞坏了。我倒是觉得，这手术让蹦蹦一夜之间变得成熟了，它开始有了关于自我的意识，就像科幻片里的机器人，比如奥创、终结者什么的，一旦有了自主意识，说不定就想要消灭人类了。也许蹦蹦是在找机会把我们吃掉吧，国外倒是经常有这样的报道，主人因病死去，家里的猫开始啃食主人的尸体……想想就不寒而栗。

"也许绝育手术，就像是少女第一次来了例假，多多少少在性格上会有所改变吧，至少不会再和父母那么亲密了，开始有了想要独处的愿望。"女友宽慰我，其实更像是她在自我安慰。

常常沉浸在自我世界里的蹦蹦，不再那么黏着女朋友了，女朋友也渐渐地接受了这一事实。于是她开始把情感的重心重新对焦在了我身上，那些无缘由的争吵、感情上的宣泄、荷尔蒙高低起伏带来的情绪落差，一股脑儿地全都回来了。

在一起七年，朋友们都说到了最危险的时刻，怕是我们也逃不过。摆在眼前的只有两条路可走，要么领证变成亲人，要么一拍两散老死不相往来。本以为前一种的可能性最大，但后一种却始终阴魂不散。总有理由横亘在我们中间，使得我们在二者之间徘徊不前，比如我那不顺遂的编剧生涯，以及间歇性的经济危机。

那天，投资方和制片人把我团团围住，开始了一场马拉松式的会议。我花了好几个月的时间写下的剧本，在他们七嘴八舌的吵闹中变成了一堆废纸。投资方提出了新的方向、新的意见和新的编剧人选，我知道这是一个编剧即将被炒鱿鱼的前兆。

倒霉就是从那个时候开始的。

回到家里漆黑一片，我以为女朋友加班没有回来，打她电话竟然是关机，我预感到事情有些不对劲儿。

拉开衣柜，她的衣服空了一块，蹦蹦躺在衣柜里，朝着我打了一个不耐烦的哈欠。

女朋友不辞而别了。家人朋友，电话打了个遍，没人知道她的去向。所有人都表现得非常冷静，似乎早就预料到了事情会朝着这个方向发展。

对于离家出走这件事儿，她应该计划了好一阵子了。阳台上留下了几十袋猫砂和猫粮，占据了大半个阳台的空间，够蹦蹦用上个一年半载了。而我对于这些高能预警，竟然一点都没有察觉。

03#

女朋友失踪三天后，我去派出所报了案。民警似乎对这种事情见怪不怪了，简单地问了问情况，安慰我说离家出走这种事儿太正常了，你再去亲戚朋友家问问，说不定明天就回来了。

从派出所回来，接连两个晚上我都梦见自己在用大锅煮花生，整个梦里都是热气腾腾的。上网查了一下，所有解梦的网站都说梦见花生是吉兆，女性梦到花生就代表怀孕、病人梦到花生代表即将痊愈、缺钱的人梦到花生就代表财源滚滚，云云。

{ 人长大了，开心都想哭 }

可是，梦到花生和找到女朋友之间没有任何关联。

翻看命理网页，无意中竟然看到了女朋友提到过的那位大师。大师姓高，在命理界十分有威望，最擅长的是转运。我特别好奇，女朋友去找他的时候，高大师对她说了些什么。

高大师的宅子在雍和宫大街北口的一个胡同深处，表面看起来就是普通民宅，但走近了立刻能闻到一股浓烈的焚香味儿。

我轻轻叩门，过了好一会儿，才有人拉开一条门缝，探出半张脸来往外看。

"找谁？"门里的人语气生硬。

"找高大师。"我轻声回应。

"谁介绍你来的？"还挺谨慎。

"我是朝阳路定福庄北里一号院的沈大妈介绍来的。"我只好碰运气般地胡诌道。

话音刚落，门被拉开一条只能挤进一人的缝隙，一只大手把我拽到了门里。

门里是一个四合院，正房的门开着，隐约看见门里有一个供桌，桌上供着一尊观音像。

院里面十来个女人坐在条凳上排队，每个人都若有所思，低头不语。开门人递给我一张纸，上面写着一个号码，三十八号。我刚想接过来，那女人撇了撇嘴说："规矩懂吧？"

我茫然地摇了摇头。

女人从桌上拿起一个本子给我看，上面是一些人名，人名后面标着人民币，大部分都是三百块。

"找高大师，得先交点儿香火钱。多少你自愿。"

我掏出三百块钱递给她，并煞有介事地在那本子上写上了名字和金额。女人把号牌递给我。

我坐在条凳的最末一位，等待高大师的接见。

出乎意料的是，每个人进去的时间都不长，平均也就十分钟一个。每个人都是带着一脸苦恼进去，再带着一脸沮丧出来，特别像便秘患者进出公共厕所。

快要轮到我的时候，隐约听见屋里有人在小声啜泣，另外一个洪亮的声音在激昂地说着什么。不一会儿，一个年轻女性红着眼圈走了出来，衣衫略微不整。我迅速脑补了很多不雅的画面，真是太失敬了。

我进到里屋，高大师正在用酒精擦拭手。他约莫四十岁上下，光头，穿着一身浅色唐装，脸色微微泛红，身材瘦削，一对圆溜溜的大眼睛闪闪发光。

他一面伸手示意我坐在他对面，一面上上下下地打量着我，却并不开口说话。

"你家门朝哪个方向开？"高大师突然开口问道。

我想了一下，还没来得及回答，他就不耐烦地说："连门朝哪个方向开都不知道，你这人也够笨的。"

"可能是朝南吧。"我是真的不太确定，平常就晕方向。

"别可能啊，到底朝哪儿？我跟你说，家里的结构很重要，我一眼就能看出风水好坏，连家里亲人什么时候死的、得什么病死的，我都能算得一清二楚。"高大师用一种不容置疑的语气喷

{ 人长大了，开心都想哭 }

出了这段话。

我在纸上画了自己家的简图，递给高大师，大师瞄了一眼。

"你有什么问题啊？"高大师有点儿不耐烦地问道。

"我最近运气不佳，好像做什么事儿都不太顺利……"

没等我说我，大师就抢过话去："你这样的人我见多了，气场太弱，肯定干什么都不成，就算你比别人玩命儿，也没用。命不行，就是不行！"高大师迅速给了我诊断结果。

言毕，大师又拿出几枚铜钱递给我，说："把这个放在手心里握好，想着自己要问的事儿。记住，一次只能想一个，然后把钱撒在桌子上。"

我按照大师的指示，在手里握着铜钱，想着事情，然后把它们撒在桌子上，一共三次。每一次撒完铜钱，大师就在纸上画下一些奇奇怪怪的符号。

大师写写画画的，直到画满了一张纸，才抬起头来示意我可以问问题了。

"我女朋友离家出走了，我想知道，她去哪儿了？"我问了第一个问题。

他低头看了看那张写满了天书的纸，说："去南边了。"

南极也是南边，这命算得也太敷衍了吧，我心里暗想。

"那她什么时候能回来？"

大师看了看那张纸，又拿出一本日历随便翻了几页，指着下个月的八号对我说："这天，她就回来了。"

"她不会有什么危险吧？"

"活着，好得很，死不了。你还要问什么？"高大师催促道。

"能不能请您帮我看看运势，我最近总是遇到倒霉事儿。"
我说。

"好事情也有，坏事情也有，既有初看上去是好事情的坏事情，
也有初看上去是坏事情的好事情。"高大师绕得我晕头转向。

"能不能具体说说？"

"具体说不了，你的情况很复杂，我倒是可以帮你转运。"
高大师意味深长地说。

"请大师明示。"

大师盯着我看了一会儿，喝了一口茶，露出了一丝微笑，就
像超人吃了话梅就能变身一样，高大师瞬间就变得温暖了起来。

他温柔地说："转运这事儿赶早不赶晚，要不你指不定还得
摊上什么更倒霉的事儿。你可别怪我没提醒你，人活一辈子，除
了生和死，别的都不重要，人要是死了，什么都白搭，你说是不是，
花点儿小钱儿，办了大事儿，你说值不值得？"

"这个，转完运之后，多久能见效呢？"我对于封建迷信一
直都心存狐疑。

"我保证，立竿见影！"高大师把胸脯拍得咚咚响，"我给
你转完运之后，你马上就能感到从内而外都舒服了，这是因为我
把你的气场调好了，之后好运自然来。"

见高大师说得这般笃定，我不禁脱口而出："那，转运多
少钱？"

"小伙子，我这儿都明码实价，转运一次三千八百块，钱带

{人长大了，开心都想哭}

够了吧？"

看我有些犹豫，他又耐心地解释说："小伙子，打个不恰当的比方，一个人很饿，这时候我只要给他个馒头吃他就不饿了，运势也是一样，我给你调一调就相当于让你吃馒头，一口一口地吃完了，运气自然就好了。"

把运气比喻成吃馒头，这说法我头一次听说。不过不得不承认这比喻倒是恰当的，走背运确实和饿肚子很像，都让人有一种无能为力的绝望感。

大师用热烈的眼神凝望着我，期待我拿出钱包，点出三千八百块爽快地拍在桌子上，可惜我让他失望了。

我说我钱带得不够，只能改日再来，大师又换上了那张冷峻的脸孔，略带失望地说："其实想要转运，还有一个办法，养宠物也可以，比如猫啊狗啊什么的，如果需要可以知会院子里的阿姨。"

我这一身的猫毛，高大师竟然没看出来，更没算出我家里有猫，我顿时感到无比失望。

高大师的这一套，其实很容易拆穿。一上来就给你来个下马威，说你笨或者蠢，试探你的反应，看你是来听好话的，还是来找骂的。如果你面露不悦，他就按照让你高兴的剧本说，如果你逆来顺受，他就按照居高临下的台词来呵斥你，最终目的无非就是为了让你掏钱。其实一点儿都不高明，不过是江湖话术，可就是有人相信，包括我那可怜的女朋友。

三千八百块转个运，得多么绝望的人才能义无反顾地把钱花在高大师身上。女朋友不仅花了钱，还买回了猫，想必是对我绝望到无能为力了吧。

　　初看上去是坏事情的好事情，也许就是来算命被大师判定为运气不佳，我却破罐子破摔，不愿意开运，因此省下了那三千八百块吧。

04#

　　家里冷冰冰的，蹦蹦似乎也心情不好。我们彼此无法安慰，只能相顾无言。它站在窗台上发呆，我窝在沙发里对着电视不停地转台。

　　不知道窝在沙发上睡了多久，最终又是被蹦蹦舔醒的。我摸了摸它的脑袋，它又试图咬我，这次我及时躲开了。不知道这猫为什么那么喜欢咬人，也许这就是它表达爱意的一种方式吧。

　　我铲了猫屎，倒了猫粮，换了饮用水。蹦蹦始终在旁边看着我，心想，愚蠢的人类，为了博本猫欢心，你们不得不把自己放在奴仆的地位。哪天若尔等胆敢忘了铲屎，我一定会在你床上拉上一泡，毫不留情。

　　其实猫和女人差不多，忽冷忽热的，任由心情对待你，而你则始终要保持一种待命的状态，否则就会出乱子。

　　就像有些猫会突然跑掉一样，如果你怠慢了你的女人，她也

　　　　　　　　　{ 人长大了，开心都想哭 }

会像猫一样跑得无影无踪。

其实仔细想来，女朋友的失踪是有一些征兆的。一天，她打电话给我，当时我正在赶一份稿件，基本上没太在意她在说什么。挂断电话之后，她发来一段语音，说："我和你说话，你只会用'嗯'回应，我不说话你竟然能沉默几十秒的时间。现在就这样子，如果真结婚了，以后可怎么办？"

我解释我在赶稿件，她说，她打电话来找我说话，我敷衍她的态度，就像猫来舔我，而我却只是不带感情地摸了摸它的头，她宁愿找一个更加关心她的人，我竟无言以对。

猫咬了我一口跑掉了，女朋友则干脆离家出走了。

女人和猫都敷衍不得，不知道现在得出这样的结论，还来不来得及。

半夜里，梦到警察打来电话，说发现了一具女性的尸体，和我女朋友的特征很像，让我去辨认。

年轻的警官拿出几张照片，但照片上的女孩面部肿胀得不成样子，我看了半天也不敢确定。

警察带我去太平间辨认尸体，穿着白大褂的人让我在一张表格上写上名字和身份证号，我跟着他走进了太平间。

白大褂在一面墙的冰柜里，找到其中的一个格子，用力拉出了里面的尸体。那尸体装在蓝色的袋子里，白大褂拉开拉链，拉链发出沉闷的声响，突然让人觉得很悲伤。

拉链下面的真相，我不敢去看，在原地站着挪不动脚。没人催促我，一般家属都会这样吧。警察面对这样的场面，应该早就习以为常了。

我不敢去看那女孩的脸，走过去，抓起她的手左看右看，手不是我女朋友的，右手无名指和中指之间并没有黑痣。

我开心地冲警察摇了摇头，他显得有点失望。

高大师站在太平间外面朝我微笑，他说："怎么样，怎么样，三百块没白花吧。我告诉你她好得很，死不了，哈哈哈哈哈哈哈哈哈哈……"

笑声响彻夜空，愣是把我给吓醒了。

早上醒来，蹦蹦依旧冷漠，自顾自地望着窗外发呆，也许是在等待它的女主人回家吧。在猫的世界里，人不过是更大只的大傻猫而已。人需要猫的陪伴，猫也需要人的关爱，失去了主人的蹦蹦想必也寂寞吧。在这一点上我特别能够体会它现在的心情。

我走到窗台边，想要摸摸它的头，它却灵巧地躲开了，丝毫不顾及情面。要让一只猫喜欢你，和让一个女人喜欢上你一样困难。即使你一味地付出，它就是对你视而不见。没有什么比单方面的喜欢更令人心酸了。

我只好铲屎，换水，倒猫粮，还给它开了一个三文鱼罐头。也许它有一天会回心转意，喜欢上我，这样人和猫都能好过一点儿。至少在女朋友不在家的这段日子里，我和蹦蹦是唯一能互相依靠的伙伴。虽然这很可能只是我的内心戏而已。

电视里，蔡康永访问大S和小S。大S说，她每次祈求神明都会拿自己的一样东西换，比如为了让武媚娘（一条狗狗）活下去，她决定拿一辈子吃素去换，医生说小S的第一个孩子很可能会不

　　　　　　　　{ 人长大了，开心都想哭 }

健康，大 S 就跟神明说，情愿拿自己的第一个孩子去换小 S 那个不健康的孩子，电视里两姐妹哭成一团。

如果真的可以交换的话，我愿意用自己的二十年寿命换我女朋友回家。

晚上做梦，蹦蹦跑过来说，它也愿意换二十年，我说猫的二十年折算一下，对于你来说差不多是两年。它说反正我能活个十几年，两年不算什么，换！

睡得正香，突然感觉脚下一阵温热，有一种小时候尿床的感觉，立刻惊醒。

大爷的，蹦蹦竟然在床上尿了一泡，这该死的猫！

洗床单、洗猫、洗自己，又整整折腾了一夜。

05#

女朋友离家整整一个星期。

整个生活都乱了套，心情极度抑郁，每天都过得浑浑噩噩。蹦蹦也比我好不了多少，这家伙食欲下降，动不动就躺在窗台上，除了睡觉就是望着窗外发呆。

后半夜，我被一阵干呕惊醒。家里没有别人，怎么会有这种凄厉的干呕声。难道是有人喝多走错了家门？

我极其错愕地下床，开灯，四处查看，人没找到，倒是看到地上有大量的呕吐物，离近了一看，里面还有没消化的猫粮。

蹦蹦躲在衣柜旁边的角落里，无辜的眼神里传递着"我没犯错，你别揍我"的信息。

这猫难不成是偷喝了冰箱里的酒？我一肚子的疑问。以它的智商，是不可能打得开冰箱门的。它以前也偶尔会吐，但那都是正常吐毛而已。蹦蹦这种状况，显然不是吐毛球那么简单。

我赶紧穿好衣服，把蹦蹦塞进猫包里，打车赶往宠物医院。

医院里只有一个值班大夫，他看了看蹦蹦的状况，给它量了个体温，皱着眉头告诉我，只有两种可能，要么是吞了异物，要么是猫瘟，都有生命危险。

听他这么一说，我心凉了半截。异物相对来说好办一点儿，动手术取出来就行，猫瘟的话就不太好办，致死率非常高。

我眼泪马上就要掉出来了，这猫昨天还好好的，今天怎么就命悬一线了？

我央求大夫，那就赶紧给治吧。大夫说化验室的人都下班了，连血常规都查不了，你还是明天赶早儿过来做检查吧。

回到家里，蹦蹦又吐了几次，脸看上去也没那么包子了。可怜的猫，你要是死了，我可就真没法跟你主人交代了啊。

女朋友走了，现在连蹦蹦也要离我而去了，这人生简直就是一出戏，戏名叫作"比悲伤更悲伤的故事"。

宠物医院九点开门，我准点赶到，医院里已经排起了长队，猫猫狗狗把医院大厅挤得满满当当，医生护士忙作一团。

我给蹦蹦挂完号，医生前面有两台手术，所以只能等。医院

{人长大了，开心都想哭}

里嘈杂的环境把蹦蹦吓得够呛，它躲在包里不停颤抖。

等候区的另外一侧，两个年轻女孩不停地啜泣，从她们相互安慰的零散对话中得知，她们的猫得了猫瘟，已经不行了，医生建议安乐死，她们正在小声商量，边说边流泪。我想要是我女朋友在的话，如果蹦蹦有什么不测，她能把房顶哭穿。

我从不知道宠物医院竟然会如此拥挤，好像全世界的宠物一夜之间都病了，从没想过竟然有这么多人养着这么多的宠物，也许人人都害怕寂寞吧。

等了近一个小时，终于轮到蹦蹦。还是昨天晚上那个大夫，他例行公事地检查了一遍，建议我把所有的检查项目全部做一遍，采用排除法一一筛查。我问他，如果全部都检查一遍还查不出病因，该怎么办，他说那样的话他也无能为力。

全部的检查包括，验血，拍 X 光，钡餐造影，B 超，外加吊水输液。人如果呕吐，大夫建议把这些检查都做一遍，你肯定会觉得这大夫脑子有问题。但猫生病，医生让你把宠物医院里几乎所有的设备都用一遍，你还觉得要感谢天感谢地，感谢医生英明神武。

果不其然，医生拿着 X 光照片看了半天，得出的结论是没有发现什么特别的异常，猫瘟也是子虚乌有的事儿。吊完水就可以出院了。

花钱倒是其次，这一趟折腾下来，人和猫都已经筋疲力尽。医生的脸上看不出半点歉意，在他们心里，这可能就是宠物，不是伴侣吧。任何病例只需要例行公事地做一遍检查，治好最好，治不好拉倒。

我问医生，蹦蹦呕吐的病因到底是什么，医生露出了无奈的表情，说看不出确切的病因。我十分懊恼，气急败坏地一定要让医生给出结论，他憋了半天，说，这猫最近可能心情不太好，大部分的宠物疾病，基本上都是由心情不好所引发的。

你大爷，心情不好用得着做 X 光和 B 超吗！我忍不住在心里问候他全家。

这样的诊断结果实在令人气愤，但我又哑口无言，蹦蹦确实是心情不好，医生说得没错，它已经十天没见过主人了。这次心情不好，花掉的钱比高大师转运还贵。

护士给蹦蹦挂上了吊瓶。半吊子护士在蹦蹦的胳膊上扎了半天才找到血管，我心痛得直咬牙，就不能找个熟练点儿的护士吗？这家宠物医院给我留下了极其恶劣的印象，赚钱无可厚非，但心里只装着钱就是缺德了。不说那一整套检查该不该全做，做了半天得出的结论实在是令人啼笑皆非。你大爷才心情不好！

吊完水回到家里，蹦蹦依然心情不佳，罐头摆在鼻子底下，它也只是象征性地舔了几下。

心情不好确实无药可医，人和猫都一样。

上网搜寻关于猫咪呕吐的帖子，有人情况和我类似，猫咪呕吐到医院做了全面检查找不出病因，但回家吃了点儿化毛膏就把胃里堵着的东西给拉出去了。

我赶紧翻箱倒柜地找，果然在放猫粮的地方找到了一条化毛膏，看来女朋友是有先见之明的。

　　　　　　　{ 人长大了，开心都想哭 }

蹦蹦一见到化毛膏就跑，我不管三七二十一，抓过来就往它嘴里灌，咕噜咕噜吃下去不少。当天晚上，蹦蹦没有呕吐，第二天早上吃了一大盆猫粮，拉了一大泡屎，至此彻底痊愈。

06#

晚上看电视台社会新闻，电视台记者卧底探访算命大师，晃动的镜头里，高大师正在给记者算命，还是一样的套路，一样的流程。唯一不一样的是，这次高大师竟然提出，要给暗访的女记者通通经脉，而且是一丝不挂的那一种。

记者敷衍几句落荒而逃，电视里的专家痛骂高大师骗财骗色。这下高大师的买卖彻底倒板子了，估计公安部门稍后就会把这个骗财骗色的老神棍缉拿归案。

我看得乐不可支，忍不住笑出了声。就在这时手机响了，我一看号码，竟然是消失了十几天的女朋友。

接通电话，那一边劈头盖脸地问："看新闻了吗？"

"啊，正在看。"我答道。

"高大师被抓起来了……"

"你在哪儿呢？"我不等她说完话，就迫切地问。

"我在回家的路上。"

女朋友不辞而别，也全拜高大师所赐。他告诉我女朋友说，她在我身边会影响我的运势，只有分开七七四十九天才能转运，在这期间不能联络，不能见面，否则就会破功。

我那可爱的女朋友竟然就相信了。

爱总是能让人做出些疯狂的、愚蠢的、可爱的事儿。

蹦蹦的主人终于回家了。

09

> **诀别**

09
—
13

{ 人 长 大 了 ， 开 心 都 想 哭 }

我拖着行李箱在机场一路小跑，还有五分钟就要关闭检票口了。

跑得气喘吁吁，终于在飞机舱门关上的最后一刻，登上了这班飞往巴黎的飞机。舱内的灯光变暗，系紧安全带的指示灯亮起，飞机开始滑行。

北京到巴黎，十一个小时的航程，这大段的时间空白，不知道要怎么填补才好。

李迅说要见我一面，她说这对她而言非常重要。在近二十年的时间里，她总是反反复复地出现在我的生活中。她对见我一面充满了令人惊异的渴望，这渴望曾让年轻的我欣喜不已。但是，经历过太多次悲伤且充满戏剧性的重逢之后，我学会了不再对见她一面抱有任何美好的幻想。

这是最后一次了，我漂洋过海地去见她，是为了告别。

我们的故事就此结束，了无牵挂。下辈子、下下辈子，都不会再有任何纠葛。

01#

飞机冲入平流层，进入平稳飞行的状态。大多数人已经睡去，机舱里除了均匀的呼吸声之外，一片静谧。

我开始在脑海里想象李迅的样子。本以为回忆是件轻而易举

{人长大了，开心都想哭}

的事，却发现着实需要费些力气，原来记忆终究会随着时间的流逝慢慢消退。想得脑袋都疼了，我和李迅初次见面的场景才一点一滴地丰富起来。

那是一个冬日的傍晚，我坐在出租车里，落日的余晖苟延残喘地照亮了司机手上那副微微泛黄的白色手套，带着杂音的电台里，正播放着张国荣的粤语歌曲。司机用浓重的天津口音跟着哼唱，露出了和手套一样白里透黄的牙齿。我对一切都提不起兴致，就像那个季节的天气一样，开了车窗冷、关了车窗闷，怎么样都感觉不自在。

下车时，阳光只剩下一条细线。在黄昏和黑夜的缝隙里，眼睛左右为难，既对光亮恋恋不舍，又还没有适应即将到来的黑暗，一切都笼罩在朦胧之中。还好那些艳俗且笔画不全的霓虹灯很快就亮了起来，每个人都依据指引寻找落脚之地，我也一头扎进了人头攒动中。

超大的酒店包间里，所有亲戚都齐聚一堂，胡吃海喝。在这样的场合，你不得不戴上一副孝子贤孙的面具四处寒暄，觥筹交错间尽全力讨好别人恶心自己。在一片相互吹捧的空隙间，洋洋得意者必定要高歌一曲，以表达兴奋之情，歌曲的间奏部分则会就着伴奏，对着麦克风向长辈说几句俗套的吉祥话，以表孝道。我当然算不上孝顺的，既不会说场面话，更不会举杯四顾、高谈阔论，只能躲在角落里低头不语，默默吃喝。

那一天看上去并没有什么不同，我机械地应对着各种寒暄和聊天。有人问我问题，我一概回答"不知道""不清楚"，有人找我聊天，我一律用"然后呢""哦"作为回应。正当某个亲戚唾沫横飞地讲述他儿子如何优秀时，突然有人唱起了张国荣的《侧面》，正是我在出租车上听到的那首歌。在这样合家欢的场合，唱这么劲爆的歌曲，简直太大逆不道了，这让我十分讶异。

循声望去，只见一个陌生的背影，穿着黄色毛衣，皮裙配短靴。她头顶扁平，一看就是长时间戴帽子压的，一边一个毛糙糙的小辫子，懒洋洋地搭在那看起来有点儿过于宽厚的肩膀上。着装如此土气，头发又不修边幅，还唱着这样劲爆的歌曲，这激发了我强烈的好奇心，随口问了一句，这谁啊？旁边的亲戚竟然没有一个人认得。

她就站在那里唱着，越唱越投入。画面中张国荣妖娆地扭动着身体，当唱到"看着我吧，对住我吧，透视我吧，可感到惊讶……"，一个年近九十的老爷子突然站起来，指着巨大的背投电视说了一句什么，狂笑一声，喷出一口鲜血，然后一头栽倒在满桌的饭菜里。

周围的人一片忙乱，但歌声并没有停止，女孩还在投入地唱着，直到有人哭号着让服务员关掉了音响，她的两条小辫子才甩了一下，回过头来，讶异地看着乱哄哄的人群。突然被切歌，她似乎不太高兴，皱起眉头，一双迷离的大眼睛带着疑惑和不解。她的双眼皮很深，看起来有点儿慵懒和疲惫。

她就像一个葬礼主持人一样，手里拿着麦克风，看着下面的亲属哭闹着、慌乱着，不带丝毫怜悯。只是看着，似乎这一切不过是司空见惯的场景罢了。

　　　　　　　　{ 人长大了，开心都想哭 }

老爷子在亲朋好友的簇拥之中一命呜呼，张国荣的《侧面》成了他的送别歌曲。医院里，一大家子人哭成一团。

我到医院的小花园里透气，这种生离死别的场景让人不知所措。我点燃一支烟，不太熟练地吐了个烟圈。过了一会儿，那个唱死人的姑娘走到我旁边，熟练地拿走了我手上的香烟，狠狠吸了一口。她坐下来，把烟递还给我，指了指我无名指上的一颗痣说："我手上也有一颗。算命的说有这种痣的人天生不甘寂寞。一辈子都会为情所困。"

她张开手给我看，月光照在她的指甲上，她的指甲扁扁的，并不好看，那颗痣果然和我长在一样的地方。

"那还有救吗？"我问。

"这是绝症，要么孤独终老，要么在情海中浮沉，看你怎么选了。"

"有没有两种都不选的办法？"我皱着眉头问她。

"这可难了，反正都是死，"她一脸严肃地回答，"充其量只能死得慢一点儿。"

医院里传出各种嘈杂的声响，有人来了，有人走了，有人在痛苦地呻吟，有人在声嘶力竭地哭号，真是一个让人怎么都高兴不起来的地方。

沉默了好一阵子，她轻轻地说了一句："对不起。"

这一句话，不知是为了看穿我的命运，还是为了那要人命的劲歌热舞。

我不知道该怎么回答，只能沉默不语。

她叫李迅，我们是没有任何血缘的远房亲戚。

02#

庞大的波音747穿过云层缓缓降落。突然想起海明威说过，假如你有幸年轻时在巴黎生活过，那么在以后的一生中，不论去到哪里，它都会与你同在。他还说，即使你很穷，在巴黎也能过得很快乐。可惜我既不年轻，也不贫穷，来巴黎不过是为了一场告别，这似乎为这座城市增添了一点儿浪漫的感觉。但其实告别在哪里都一样，不用非得大老远跑到巴黎来。可这就是李迅长久以来追求的浪漫，就算是死，她也要死在这个浪漫的国度里。

全世界的机场几乎都是一个样子，除了满眼的法文广告和标识，戴高乐机场和北京首都机场实在没有多大差别。等候出租车的人群焦躁不安，等待着被分派到巴黎的各个角落，去做一些自认为重要的凡人琐事。

我在队伍里，呼吸着巴黎的空气，感受不到有什么特别。天气阴沉，在乌云密布的天空中残留有那么一小块儿蓝，法国人管这叫"云隙中的一角蓝天"。法国佬就是喜欢把平淡无奇的事情描绘得很浪漫。

等待出租车的队伍缓慢前行，来自中国的游客兴致不减，但他们的热情无法点燃巴黎冬天的阴冷潮湿，这冷像极了中国

{ 人长大了，开心都想哭 }

的南方。

　　我把手插进口袋中。2014年12月17日，巴黎的天空飘起了雪。

　　坐在出租车里，我无数次幻想自己在巴黎的大街小巷漫无目的地游荡，就像《午夜巴黎》的男主角那样，无意间偶遇海明威、菲茨杰拉德、布努埃尔、毕加索、斯坦因、达利，在花神咖啡馆写写文章，在左岸的咖啡馆里聊聊电影。

　　此刻，我身在此处，却丢了兴致，只因第一次来就是为了告别。

　　司机把我送到了巴黎近郊的一所医院。虽然地点比较偏僻，却是一家现代化的医院，与周围的风景有点儿格格不入。医院旁边是大片的树林，树林深处依稀能看到几座城堡。雪已经把地面完全覆盖了，道路两边的梧桐树也沾满了积雪。周围安静极了，雪地上只留下了我一个人的脚印。我停下脚步，回头张望，远处一对情侣在雪中散步，他们手挽着手，一直朝前走，仿佛这个世界只有他们两个，这雪和雪中的风景都是为他们俩量身打造的。

03[#]

　　那年冬天，直到过完元宵节，北京才下了第一场雪，我躺在阳台上看着窗外发呆。下午三点一刻，BP 机收到一个陌生号码的留言，我回拨电话，电话那一头传来了李迅的声音，她邀我参加她们单位组织的元宵节团拜活动。反正我也无所事事，就一口答应了下来。

　　我赶到约好的地点，李迅已经等在那里了。她戴着一个俏皮的毛线帽子，两条毛糙糙的小辫子变成了披散着的齐肩长发。脸上画着淡妆，零下十摄氏度的天气，她的脸冻得微红。看见我那一刻，她微微一笑，那笑好像说，你终于来了，我已经等你好久了。她轻快地走到我身边，很自然地挽起了我的手臂，没有一点儿陌生的感觉。她的自然亲切让人十分舒适，仿佛不用费心思考就能立刻找到契合的节奏。她身上有一种特殊的魅力，让人心情愉悦，让人不自觉地想和她亲近，哪怕只是听她说一些无关痛痒的话，也会觉得是甜言蜜语。

　　那天的活动实在是无聊透顶，但李迅却热情高涨。她对那些蹩脚的灯谜十分专注，可惜我们对此都不太在行，费了九牛二虎之力只得到了一盒冷烟火。很快，灯谜就猜完了，大爷大妈兴致勃勃地冲进礼堂占座，准备欣赏接下来的文艺表演。我兴味索然，李迅似乎也没什么兴趣，我们默契地离开了人声鼎沸的活动现场。

　　雪依然在下，所有的一切都变成了白色，好看的、难看的、肮脏的、花哨的、不堪入目的，都被雪包装成了同一个样子。整个世界变得不真实起来。

　　我和李迅牵着手，在这白色的世界里慢慢走着。街道识趣地不再吵闹，一切能够发声的东西瞬间消失了。马路上不见汽车往来，视线之内没有路人，在反射着白雪光芒的光亮里，只有我和李迅，以及脚下不知通往何处的、纯白色的、被雪覆盖着的、没有任何人走过的路。

我很想告诉她，这是我第一次牵女孩子的手，可我并没有说，只是和她安静地走着。

　　不知道这是不是爱情的开始，但世界突然变得如此美好，我想这应该就是爱情。

　　白天看起来脏兮兮的小公园，那天晚上灯火通明。本已锈迹斑斑的旋转木马、摩天轮，在白雪中获得了新生。这场景似乎为我和李迅准备了好久，如同世界末日的狂欢一般华丽炫目。

　　我和李迅并肩站在旋转木马前，我看着那绚烂的灯光下的她的脸，如果这一刻就是我的世界末日，我想我一下子明白了什么叫死而无憾。

　　我看着她说："不想坐一下吗？"

　　她坚定地摇了摇头，不想走进那绚烂的灯光之中。她只是站在那里远远地看着，与美好保持一步的距离，似乎这一切并不是她想要的。

　　我们眼神交会，她靠过来亲吻了我的脸颊，那一秒钟我的心脏停止了跳动，全世界变成了真空，我在那个真空里幸福地死去。等我再次呼吸，却发现自己成了将要尸变的僵尸，失去了意识，僵硬地愣在那里不知所措。

　　我送她回家，在她家楼下的小花园里，我点燃了那盒冷烟火。她把烟火拿在手里，出神地望着，就像是用默哀的方式与灿烂的烟火诀别。

　　最后一丝光亮熄灭，整个世界一下陷入到黑暗之中。乌云遮盖了月光，似乎有人关掉了开关，冷漠和黑暗一起袭来。

李迅不再看我，背对着我说："能不能答应我一件事情？"

我不假思索地回答："别说一件，两件也可以。"

她一字一句地说："请你千万不要忘记我。"

还没等我回答，她就走开了，留下我一个人在雪中眺望她的背影。

当她消失在我视线的那一刻，世界又变回了本来的样子。街道上人潮涌动、汽车狂躁地尖叫、白雪被踩成了烂泥，一切伪装都不见了。我想这就是没有她的世界吧，没有半点儿虚幻的、最真实的世界。

虽然这世界如此丑陋，却是活生生的，直到有一天我懂得了和它好好相处，才终于明白爱情真的没有那么了不起。它不会让这个世界变好，只是会暂时麻痹你的神经，让你以为自己处于美好之中。但一切最终都会毁灭，无论是爱情，亦或是这个世界。

04#

对于没有爱上我这件事儿，李迅比我纠结得多。在我看来，和我相爱实在是太平淡乏味了。我既不浪漫，又无法给她的生活带来戏剧性，我的平庸和简单反倒成了她生命中一个极其特殊的存在。她一直活在自导自演的戏剧里，我是唯一一个让她欲罢不能的观众。

{ 人长大了，开心都想哭 }

那个在我看来盛大而美好的雪夜，对于李迅来说实在是有些平淡了，就连她主动吻了我的脸颊，我也没有给予她热烈的回应，我的不知所措变成了她认为的冷漠。一个人眼中的美好，却是另一人眼中的无趣，这便是一出悲剧的开始。

那天过后，李迅便再没有任何音信。我像每个历经初恋的少年一般，等待着那个虚幻的美好世界再次敞开大门，可惜只有无尽的虚空。

她在我的世界里消失了。

我吃饭、睡觉、写字、工作，脑海里都是她的影子，而她只是存在于传呼机里的一串号码，摆在那里，却无法给你任何回应。

如果她是用这种方法来测试我是否会思念她，她成功了。

如果她再次打来电话，我应该告诉她，我想念她，想得快死掉了，这样她或许会爱上我，但我没有。由于缺少一个戏剧性的动因，我和她无法合拍，注定无法走到一起。

我实在是一个拙劣的演员，在李迅自导自演的这出戏里，我根本演不出她所追求的浪漫和戏剧性。

让我跌入无尽的思念，算是对我无趣的惩罚，那么燃起我的嫉妒之心便是另一种变本加厉的报复了。这样的戏码，李迅十分在行，只可惜她看错了我，我不是演员，只是观众。

再次见面，吵闹的KTV包间里，李迅刻意冷落我，而与另一个刚刚认识不久的男孩打得火热，那亲切的表情如同第一次和我约会时一模一样。她熟练地挽着他的手臂，而我只是在一边默默地看着。我忽然发现，那令人感到亲切和愉悦的魅力，她可以运用自如，熟练地对任何人施展，我不过是其中一个而已。

这一切让我幻灭，音乐吵得刺耳，我一分钟都不愿意再煎熬下去，于是带着那么点儿可怜的自尊心逃离了那个地方。

也许她要的戏剧性，是我冲过去抽她一个耳光，而我却只是带着一个冷漠的表情转身就走。

这让两个人都很崩溃。

她要的是一出韩剧，在剧里她会得上绝症，而我必须对她不离不弃。她会想出无数赶走我的理由，而我都会坚定地陪在她身边不离不弃。我们爱到死去活来、轰轰烈烈，她死后我要把这爱情写成小说、拍成电影，让无数人痛哭流涕。

这实在叫人为难，我能给她的不过是一部让人昏昏欲睡的纪录片而已，讲述着平淡的生活，平淡的爱情。

KTV 大门口，她拉住我，满脸愤怒地说："你真的对我一点儿感觉都没有？"

我很想说，我喜欢你，可我却只是点点头，说："是。"

我不敢再看她的脸，只好硬起心肠，转身就走。

眼泪只能证明我们的言不由衷。

我不明白为什么爱情会如此复杂。但那一刻我开始懂得，所有复杂的爱情都不是好的爱情，都是应该转身就走的爱情。

就这样，我作为一个不太合格的配戏者，在短短的几十天里就把李迅量身打造的戏码给演砸了。而我也在这不多的戏份中体会到了爱情的全部，美好的、心动的、悸动的、甜蜜的、嫉妒的、肮脏的、下作的、丑陋的……这些都是爱情。

05#

　　医院病房里，李迅蜷曲着身体躺在病床上，看起来放松而安逸。我坐下，她并没有醒来，但嘴角却带着微笑，就好像知道我一定会来一样。

　　雪依然在下，窗外阴郁的风景就像是挂在白色病房里的忧郁派画作，安静中带着一丝伤感。

　　李迅的额头上有一块儿疤痕，那是她在幼儿园跟男孩子打架留下的。她说起这个故事的时候，我们的车刚好抛锚在荒郊野岭之中。在我们踏上这段匪夷所思的旅程之前，我和她整整三年都没有任何联络。

　　本以为就此老死不相往来，她却再一次戏剧性地出现了。

　　那天北京下了好大的雨，半座城市都被积水吞没了。电视直播像是在报道世界末日，马路中间停了好多汽车，它们的主人全都各自逃命去了。广渠门桥下，一个司机不幸遇难，几个大爷大妈被困在公交车上，差点儿被洪水吞没。本来安逸的世界，一下变得穷凶极恶起来。

　　这天夜里，李迅打来了电话，说有急事要见我一面。如果这一天真的是世界末日，我没想到最后见到的人竟然会是她。

　　"望京国"的上岛咖啡店里，李迅独自一人坐在那个大得略显夸张的座位里，透过水晶帘子可以看到她满脸的哀伤。

　　我坐下，来不及寒暄，她就急切地说："所有航班都取消了，我有要紧事儿，要去一趟丽江。"

"坐火车去啊。"我说。

她用不容置疑的语气，坚定地说："来不及了，你开车带我去。"

"三千多公里啊。"我说，"估计得开上两天两夜。"

"没关系，我们可以轮流开。"

按照以往的经验，我知道李迅的出现必定代表着一出悲剧，我却找不出拒绝经历这场悲剧的理由。于是我们开着我那辆破旧的桑塔纳上路了。

一路上，李迅心事重重。她不愿意多说什么，我也不用费心找话题和她攀谈。就这样一直连续开了近十个小时，进服务区加油，顺便吃点东西。我俩捧着方便面坐在路边，默默地吃着。

李迅突然想起了什么似的抬头看我。

"我脸上有东西啊？"我说。

"还记得答应我的事情吗？"她问道。

"嗯，记得，让我不要忘了你。"

"我以为你早就忘了。"

"也许明天会忘吧，至少现在还记得。"我说。

"真的就没有喜欢过我？"她皱起了眉头，认真地问。

我不知道该如何回应。

没等到我的回答，她叹了口气，说："算了，喜欢又能怎么样，反正也来不及了。你这人向来就是这么无趣，不知道哪个姑娘能喜欢上你。"

我好想问她，那个时候是不是喜欢我，可这话怎么也问不出口。

　　　　　　　　{ 人长大了，开心都想哭 }

两个人又陷入了沉默。

过了好久，她才轻轻地说了一句："对不起。"

这对不起，不知道是为了这趟奇怪的旅行，还是为了过去的种种。

三十个小时不眠不休，眼看胜利在望，我那辆破车却抛锚了。救援车要等到天亮之后才能赶到，我和李迅只好在这群山环抱的国道上过夜。

漫天的星光，让这夜梦幻得很不真实。我们坐在车顶看星星，从来没有距离星星如此之近。如果不是有群山作为界限，整个人就像飘浮在太空之中。

李迅突然大哭起来，不知是为了眼前这壮丽的景色，还是为了不能按时到达终点。

她大哭着说："为什么我那么爱他，他却不爱我。那个狗娘养的王八蛋。"

我看着她，不知如何是好。

我掏出纸巾递给她，她用力地擦掉了随着眼泪一起流下来的鼻涕。

"还有你，你也是混蛋，你要是喜欢我，我就不会爱上那个混蛋了。"她指着头上的那一小块儿伤疤，哭着说，"你看，这是上幼儿园时我喜欢的那个男生咬的，为什么我喜欢的人总是要伤害我。我恨你们所有人。"

想要说些话来安慰她，却找不到合适的语言，只能任由她边哭边骂。在这寂静的夜里，让她自由地宣泄着情绪。

我觉得她的悲伤不来自于她爱错了人，而来自没有一个真正爱她的人帮她消解悲伤。也许她认为那个人会是我，但其实我并不是。

如果这时候有个人说爱她，她也许会好受一点儿，哪怕她不喜欢他，也会狠下心来和那个人好好过一阵子，说不定就从勉强接受变成了白头到老。

好想安慰她说，不要哭了，有那么多人喜欢你，可这话怎么也说不出口。

隔天早上，救援车把我们拉到了附近小镇上，桑塔纳彻底报废，只能当成废铁处理掉。那几乎是我当时最贵重的家当，最终只换来八百块钱。

此地距离丽江还有二百多公里，我们只能再坐几个小时的汽车。经过昨天的情绪释放，李迅轻松了不少，偶尔又能在她的脸上看到笑意了。

汽车在盘山道上转来转去，车上烂音响里放着古老的流行歌曲，李迅偶尔跟着哼哼两句。

我调侃她说："别唱太大声，小心出人命。"

她突然大笑起来，说："反正人多，死几个不打紧。只要你不死，世界末日就不会来。"

"谁死了，都不会是世界末日。"我说。

"没有你，对于我来说，也许就是世界末日了。要不是你答应陪我来，我说不定……"

她欲言又止，一下子拉起我的手。

{ 人长大了，开心都想哭 }

过了好一阵子，她才又开口说："其实也不是非去不可的，我就是不甘心，不亲眼看到就不相信。其实没有必要生活在闹剧中的，但是又忍不住去闹。可是如果生活平淡如水，那还不如早点死了算了。"

我看了看自己手上那颗痣，对她说："我觉得平淡一点儿也没什么不好，要是真的有人会因为无趣而死，那我肯定不是第一个。"

这时候，如果我说，不要去了，我们私奔吧，她一定高兴死了，一定会忘记所有的阴郁和不快，热热闹闹地和我在一起过一阵子，然后各奔东西，老死不相往来，带着彼此的恨意孤独终老。但这显然不是我喜欢的结局。

这是她书里面写好的故事，但主角不应该是我。

我陪着李迅在丽江的各个小酒吧里寻找了整整两天，终于在狮子山半山腰的一间客栈里找到了她的未婚夫。那男人高大帅气，举手投足都很有派头，一看就是猎艳高手。

为了不打草惊蛇，我和李迅躲在暗处观察，但那个想象中的女人始终没有出现。大部分时间，她的未婚夫都在四处游荡，累了就坐下来喝茶，即使在约炮圣地"一米阳光"，他也只是单独待着，不与任何人闲聊，偶尔有女人坐在他的旁边，他也会借故离开。想象中的戏码并没有发生，抓小三的闹剧无疾而终。

这样的结果不知道是喜还是忧，对于我来说，陪在她身边的意义已经不大，于是我独自打道回府。

后来两个人是怎么见面的，不得而知，再后来李迅还是和这个男人分手了，因为他根本就不喜欢女人。

不知道李迅的故事究竟是悲剧还是喜剧，反正都与我无关了。

再后来，李迅突然就远嫁异国。

06#

病房里，李迅慢慢醒来，看见我，露出了一个灿烂的微笑，仿佛她沉睡了好久，只为等待我的到来。

"我就知道你一定会来。"

我点点头。

"你是唯一一个对我有求必应的人。"

这话的正确意思是，她笃定我是唯一一个不会拒绝她的人。

她坐起来，把头发挕到耳后，轻声地说："对不起。"

这对不起，不知是因为我的远道而来，还是因为别的什么，听着有点儿伤感。

这时，病房的门被推开了，李迅的法国丈夫走了进来，我们用蹩脚的英语互相寒暄了两句。他穿的那条裤子，还是前年我们一起在南锣鼓巷买的，同样的款式，他买了三条。

那天在荷花市场的一家素菜馆里，我坐在李迅和她法国丈夫的对面，听他们说着生活中的各种琐事，巴黎的交通、餐馆里又贵又少的菜肴、阿拉伯移民带来的治安问题、各种罢工和游行……

{人长大了，开心都想哭}

这些不太浪漫的事情，成为了李迅生活的全部。这似乎与她一直以来的追求格格不入，但却能在她脸上看到幸福的样子，在浪漫之都过起了柴米油盐的世俗生活，我想这就是故事的结局吧。

长途飞行，让我的疲惫看起来像是哀伤。

看到我这个样子，李迅眼圈泛红，说："没事儿的，一切都会好起来的。"

其实，我真的只是有点儿累。

她问我："你爱我吗？"

我点头，说："是。"

其实，我并没有。

想来这也是一件极奢侈的事情，就像是突然萌发的爱情，让人不知所措。

10

> 胎记

10
—
13

{ 人 长 大 了 ， 开 心 都 想 哭 }

2001 年 9 月 11 日，星期二。

那天我值夜班，晚上十一点开始例行巡逻。整个辖区走一圈，需要一个半小时。

十一点半左右，我走进街角的小超市。店老板仰头盯着电视机，电视里反复播放着两架飞机撞向美国世贸大楼的画面。

"冰可乐？"老板的眼睛并没有打算离开电视机。

我掏出零钱放在柜台上，接过老板递过来的可乐。

"你说这得死多少人啊，美国佬这下可遭殃喽。"老板有点儿幸灾乐祸。

我并没有搭话，靠着柜台看着电视里发生的一切，毫无真实感可言。

绝望的人们从倾斜的摩天大楼往下跳，如同风中的纸屑，凌乱地飘荡在空中。上一秒还是世界中心的天之骄子，下一秒就不得不为自己选择一种死法。这是老天爷开的玩笑，还是命运早就设定好的某种程序？

如果一切都按照设定好的程式按部就班地进行，那么所谓的命运的转折，不过是一些注定要发生的触发性事件。比如 911 事件就是触发性事件，是不可避免的，它改变了很多人的命运。

对于我来说，如果 2001 年 9 月 11 日我没有当班巡逻，或许杨紫就不会出现在我的世界里。她的过去，她的现在，她的未来，也许都将与我无关。在相当长的一段时间里，我对此是十分笃定的。

世贸大楼坍塌的那一刻，杨紫也差点儿死掉。

那个浑身酒气的男人像打沙袋一样，将拳头狠狠地砸到她的

　　　　　　　{ 人长大了，开心都想哭 }

脸上、身上。我赶到现场的时候，女孩已经躺在地上一动不动了，男人还在狠狠地踢她。我急忙上前制止，没想到那家伙竟然从裤兜里掏出了一把匕首。搏斗过程中，我的手臂和身上都挨了几下，着实费了很大力气才制服他。我把他铐在路边的栏杆上，他依然狂躁地扭动着四肢，嘴里不停咒骂着。

女孩满脸都是血，被揍得已然看不出模样，她的额头和眼眶都有开放性的伤口，血一直在汩汩往外冒。我抓着她的手，试着想跟她说点儿什么。她呼吸微弱，已经失去了意识。情况比我想象的要严重得多。

救护车很快赶到，医生开始对女孩进行紧急抢救。我和赶来支援的同事把男人塞进了警车里。

救护车上，医生帮我处理伤口。不知道是不是因为失血的缘故，我有点儿头晕。医生给女孩的头部、身上绑了各种仪器，心电监护仪发出的声音让我觉得有点儿疲惫。很快我便失去了意识，陷入昏睡。

等我醒来的时候，发现自己孤身一人躺在急救室里。我的身上缠着纱布，但并没有疼痛的感觉。我匆匆套上警服，赶回了所里。

打人的男人依然神志不清，直到天色大亮才清醒过来。他说女孩是自己的女朋友，两个人昨晚闹了点儿矛盾，自己一怒之下多喝了几口，后面做过些什么完全不记得了。当听说女孩被自己打到进医院抢救，他才露出了慌乱的表情，并说想去医院看看。

我开车带他来到了医院。医生说女孩暂时脱离了生命危险，但仍然处于深度昏迷之中。

透过重症监护室的玻璃，男人看到女孩头上缠着绷带，整个脸肿得不成样子，双手掩面痛哭了起来。不知道他是心痛女孩，还是害怕女孩死了，自己也要赔上一条性命。

我更倾向于后者。经过调查，男人已经不是第一次对女孩施暴了。一年前，他因为殴打女孩被拘留过，但女孩并没有追究他的责任。现在看来，拘留十五天并没有改变什么，无论是他的暴力倾向，还是女孩对他的留恋。

我对眼前这个女孩产生了莫名的好奇，竟然还有一丝心疼。

她叫杨紫，1980 年生人，刚满二十一岁，身份证上的照片显得有一丁点儿土气。外地户籍，父母都已经过世。除此以外，再也找不到更多的信息。

昏迷一周后，杨紫终于醒了。她完全想不起来自己是因何而受伤，那一段痛苦的记忆彻底消失了。医生说这是一种应激状态下的选择性失忆，病人可能需要相当长的一段时间才能从这种状态中恢复。对于男友为何会对她施暴，她始终不愿多谈。

杨紫的男友因故意伤害罪被判入狱服刑，我成了最有力的直接人证。

对于杨紫的过去，我有着各种疑问各种猜测。但在我们相处不长的时间里，不去试图探究彼此的过往，成了我们的默契。

她的伤逐渐愈合，好看的样子一天一天变回来了。

我看着她的脸，一笑就眯起来的眼睛、小小的鼻子及鼻翼两侧的点点雀斑、下颚逐渐收敛的弧线、把头发拢在耳后露出的薄

{人长大了，开心都想哭}

薄的耳垂。实在无法揣测，怎么能有人忍心去伤害她。

杨紫出院后，我把她接回了自己家。一方面是因为她无处可去，另一方面，我已经对她产生了强烈的好奇，想要更多地了解她。

白天我去上班，她就留在家里。我那个凌乱不堪的屋子开始变得井井有条。我再也不用担心为了吃什么而劳心伤神，只要回到家里就能立刻吃上可口的饭菜。衣服全都洗好、烫平，并按颜色挂好，袜子、内裤叠得整整齐齐。生活完全呈现出了质感。

我说："你莫非就是传说中的田螺姑娘。"

她一语中的："那是因为你生活中就没有过姑娘。"

不上班的时间里，我们就像一对结婚很久的夫妻一样，窝在沙发的两侧，边看电视边聊天。

有一天，电视里在播一部讲转世轮回的纪录片，片子的主题是胎记。胎记是上一辈子在特定事件中留下的疤痕，有些巫师、术士声称可以通过对胎记部位施法，让人回忆起前世发生过的事情。比如有个人身上有咬痕状的胎记，那么他很有可能上辈子是猎人或者屠夫，在捕猎或者宰杀动物的时候，被某种兽类撕咬留下了痕迹。

我觉得这个片子做得毫无根据，兴趣索然，杨紫却看得十分投入。

"你有没有想起某个人，身体某个部位就会丝丝拉拉地痛？"杨紫问我。

"好像有，又好像没有。"我一边回忆，一边说，"当初告白被拒绝的时候，心里还是有点儿痛的，可是现在连那个人的样子都想不起来了。"

"我是说真正的身体上的疼痛，你这种是矫情。"杨紫一脸认真地说，"你看，"她指着手上的一块胎记说，"我这就是上辈子被人砍过，这辈子留下的胎记。"

"你太扯了吧!"我一脸疑惑地看着她。

"真的，我就遇见过上辈子砍我手的人，当时，胎记的地方就痛得不得了。"

"那我胸口这一大片胎记，莫不是上辈子叫人把心掏了去。"我一边说一边拉开衣服给杨紫看。

杨紫像研究地图一样看了半天，又用手摸了摸。她手接触到我皮肤的一刹那，心脏突然一阵绞痛，像是被某种东西抓了一下，我不自觉地皱了皱眉。

"有感觉?"杨紫把手收了回来，问我说。

"被女生摸胸口，哪能一点儿反应都没有!"

"你要是痛了，说不定上辈子真是被我挖走了心。"

"我靠，难不成你是食人族? 挖心脏，也太狠了吧。"

"不，我上辈子是个小偷，偷东西，不过手是我自己砍的。"杨紫一脸认真地说。

不顾我投射过去诧异的眼神，她自顾自说了下去："我还是有那么点儿印象，用力想能想得起来。我记得我好爱那个人，爱到什么都愿意为他去做，什么都想给他，有些东西我买不起就只好去偷。现在想想心里还是有点儿暖融融的。"她的眼睛里有了一丝光亮，那是我从未见过的神采。

"那个人什么都好，就是好赌，把家里东西都输光了。追债的找上门来，说必须砍一只手抵债，我二话不说拿起菜刀照着自己的右手咔嚓就是一刀，顿时血流如注。我说，这下够还债了吧！追债的都吓傻了，就把欠条给撕了。"杨紫说得有模有样，我都快相信了。

"一只手残废了，我只能干点儿小偷小摸的勾当。有一次我潜进一户人家，本以为没人，谁知道却撞见了我男人在偷腥。我到厨房抄起一把菜刀，那奸夫淫妇以为我要杀他们，吓得屎都喷出来了。我举着菜刀面无表情地盯着他们看了一会儿，一刀把自己残废的那只手砍了下来，扔在床上，对男人说，这手是你欠我的，你得拿你身上一样东西来还。"

"然后呢？"我问。

"然后我就记不起来了。"杨紫摆摆手。

"这是你现编的吧？"我才不相信呢。

"我说是真的你也不会相信，但胎记这事儿的确是真的。高中的时候，我有一次被自己暗恋的人抓过手，当时就痛得不得了。那时我就想，这手肯定是见到仇人了，现在我一想到那个人的样子，胎记这里还是丝丝拉拉地痛。"

杨紫边回忆边说："高中的时候，我性格很内向。暗暗喜欢一个男生，只敢远远地看着，但他却从没正眼看过我。有的时候看见他和别的女生打得火热，我心里就难受得不得了，什么事情都不想做。

"有一天我被老师留下来谈话，等回到教室，同学们都走光了。

我看着他的座位，就很想在他的座位上坐一下。

　　"从他的座位回头看我的座位，那距离远比我在后面看他要遥远得多。从他的角度回头看我，整个身体要扭成一个极其刻意的姿势，想要自然地看几乎不可能，所以他从未曾回头看我。

　　"我把脸贴在他的书桌上，上面都是他身上的汗味儿和午休时留下的口水味儿。我对那种味道完全没有抵抗力，闭上眼睛就觉得仿佛被他拥抱了一样，有一种眩晕的感觉。那是我人生中的第一次性冲动吧。

　　"我从他的书桌里拿起一支铅笔。就是那个时候我突然想到，自己上辈子是个小偷。偷东西的念头，让我有一种莫名的兴奋。我把那支铅笔放在了自己的口袋里。少了一支铅笔，他应该不会介意。我每天都用那支铅笔写日记，把自己想对他说的话写下来。那段时间我几乎每天都故意最后一个离开教室，只为了悄悄地在他的座位上待一会儿，闻到他的味道，心情会特别愉悦，这就是所谓的欲罢不能吧。

　　"有一天我从他的书桌里找到一件球衣，球衣上都是他的汗臭味。我觉得那味道很迷人，我抱着球衣躺在书桌上，不一会儿就睡着了。我梦见他牵着我的手，在满是萤火虫的花园里散步，走着走着手突然疼得不得了，似乎被什么东西紧紧地抓着，怎么都挣脱不开。于是我就惊醒了，一睁眼就看见他站在旁边摇晃我的手，钻心地痛。那是真真切切来自肉体上的痛。看到我醒了，他把球衣装进了书包，头也不回地走了。我想他是一点儿都不喜欢我吧。

{ 人长大了，开心都想哭 }

"就这样一直到了毕业，我也没有表白，然后就失去了联络。现在一想起他，胎记这里还是会痛，这也许就是我和他仅存的联系吧。上辈子有什么未了的羁绊，这辈子会再遇见。你的痛感复原，只因为你记得是谁欠了你的，或者是你欠了谁的。"杨紫一口气说了很多。

　　"也就是说现在你砍我一刀，等下辈子我再遇见你，伤口依然会痛，我就应该知道这人上辈子和我有未了的仇怨？"我调侃着说道。

　　"大概是这么回事儿吧。"杨紫点了点头。

　　我不再说话，只在心里默念："但愿，杨紫和那个男人在这辈子就互相扯平两不相欠，下辈子不要再有任何交集，不然又是一场痛苦的轮回。"

　　"让我再看一眼你那块胎记。"杨紫看着我的眼睛说道。

　　我掀起衣服给她看。

　　我那块胎记覆盖了整个左胸，像是一幅完整的欧洲地图。

　　杨紫用手掌轻轻抚摸我的胎记，没来由地，我的心脏一下子紧缩，那是一种无法忍受的痛感，我只能深吸一口气，表现出没有那么痛的样子。

　　"真的不痛？"

　　"痛，是一种很不舒服的痛，好像心脏突然不是自己的了，一种排斥的痛。"

　　"说不定，真的是我把你的心脏给挖了。你看，大小也刚刚合适。"杨紫用手反复比量着。

我痛得实在难受，从沙发上站起来，假装尿急。

坐在马桶上，疼痛依旧没有渐弱的迹象。

过了有十几分钟，那痛感才逐渐舒缓。

我坐回沙发上，对杨紫说："我想起来了，我上辈子是个印第安人。"

"怎么说？"

"你，上辈子是我的兄弟。"我指着杨紫说。

杨紫瞪大眼睛看着我，等着我往下说。

"我们是一对印第安好基友，一起参加了一战。我在战场上身负重伤，你冒着枪林弹雨把我给救了回来，但我已经快不行了。印第安人客死他乡，他的同伴就必须把他的心脏带回故土，只有这样死去的灵魂才能魂归故里，获得精神上的自由和解放。于是你掏出匕首挖出了我的心脏。"

"这也是你编的吧？"

"这怎么能是编的呢，这是一部电影，叫《燃情岁月》。"

"切，我就知道，怎么就不能是个爱情故事呢！况且，我才不是印第安人呢。"

关于上辈子，上上辈子，我和杨紫编了一个又一个故事。关于我的心脏，她的手，虽然故事可以编出各种各样的版本，但心脏的痛却是实打实的，是她带给我的。我知道有一天她总会离开，我想要留住她，却找不到一个像样的理由。

于是我讲了最后一个故事。

{人长大了，开心都想哭}

"我上辈子特别喜欢你。"

"有多喜欢？"

"喜欢得不得了。"

"到底多喜欢？"

"喜欢到把这世界上所有的武功秘笈都给你找来，一本不落。"

"包括《葵花宝典》？"

"包括。"

"我学那么多武功有什么用。"

"为了杀掉所有胆敢说不喜欢你，不被你的美丽所折服的男人。"

"对，通通都杀光。"

"不过只有一个男人你杀不掉，因为他太厉害了，他就是不喜欢你，每次你找他单挑都被他杀个半死。"

"你为什么不替我去杀了他？"

"我不行啊，一来我武功不行，二来我只是众多喜欢你的人之中的一个，你的眼里却只有他。无论你学会了什么样的武功，他总有办法打败你，让你遍体鳞伤。后来你练功练到走火入魔，开始屠杀那些喜欢你的人，通通杀光，一个不留，我自然也难逃一死。临死之前，我劝你回头，希望我是最后一个被你杀掉的人。我一遍又一遍跟你说我爱你，你就是不相信，于是你徒手挖出了我的心脏。"

"后来呢？"杨紫问。

"我都死了，就没有后来了。"

"我为什么要杀掉爱自己的人，为什么要和不爱自己的人纠缠不清呢？"

我不知该怎么往下说，只能沉默。

三个月后，杨紫不辞而别，只留下一张纸条："等我回来。"

然而，她却再也没有回来过。

最让人难过的并不是一个人在你的生活里突然消失了，而是她就这样慢慢地淡出了我的生活。渐渐地我不再感到难过了，而是平静地接受了现实。

房间恢复了凌乱的状态，外卖餐盒成了餐桌上的主角，衬衫怎么烫都烫不平，沙发一角不再有人回应你讲的愚蠢的故事，自言自语成为了唯一的交流。有些事情早已经成了习惯，突然改变让人无所适从。可是生活本来就是这样的，不过是变回来了而已。

孤独无比沉重，我想我这辈子都没有办法再摆脱它了。就算是有人陪伴，也无法抵消杨紫消失后所带来的空洞。也许911事件不在那一天发生，杨紫就不会在我的生命中出现，而我这辈子也不必体会孤独是一种多么让人无能为力的感觉。孤独不只是一个代表空洞的词语，而且是一种无法摆脱的重量。

在后来的漫长岁月里，我渐渐忘记了杨紫的模样。她的微笑、她的鼻子、她的雀斑、她下巴的弧线，相互孤立，形不成一个整体。一想到她，心里还是丝丝拉拉地痛，心脏像是被狠狠地揪了一下。那胎记和疼痛成为我和杨紫唯一的联系。

也许有一天这疼痛消失了，也就意味着我们其中的一个已经

{ 人长大了，开心都想哭 }

在这个世界上消失了。胸口的疼痛让我知道她还活着。

这疼痛持续了七十年，还是八十年，有点儿记不清了。

一百零五岁的时候，医生为我换上了人工肝脏。一百五十岁的时候，除了心脏，我身上大部分零件都已经被人工器官所替代。我想杨紫现在也一定和我一样，变成了半人半机器的怪物。我的胸口不再有感觉了，她的手也不会再痛了吧。如果我们能够一直活下去，作为机器活下去，不再有转世轮回什么的，那么我和杨紫、杨紫和其他人也许就不会有那么多生生世世都无法解开的恩怨纠葛了。断了的手，挖了的心脏，都无所谓，换个新的好了，即使被讨债的砍了一刀，也不会一路痛到下辈子去了，反正都是假的。

再也不会有人会因为想起某个人，产生丝丝拉拉的痛感了。

二百岁的时候，我的肩膀出了点儿机械故障，到医院去修理。等待的过程中，大屏幕上正在播放历史节目，几位专家在评价911事件。其中一位信誓旦旦地说，"911"是美国政府的阴谋，和阿波罗登月计划一样，都是假的。听他这么说，我突然想喝一罐冰可乐，可惜一百多年前就已经停产了。

机器人医生面无表情地替我置换了肩膀上的零件。

半机器半人类的护士替我检测身体状况，她说可以把脑袋里的海马体置换成电子存储，并把记忆和意识输入到电脑当中，只要是能存储于海马体中的记忆都可以转化成可视性画面。

我欣然同意，把记忆都存入电脑中。令人出乎意料的是，记忆的标注年份远远超过了我的年岁，最早一段记忆竟然出现在五百万年前。

护士说，这些记忆究竟是臆想出来的还是所谓的转世轮回，目前还没有确切的依据。有些奇怪的记忆，是因为海马体存储的时候不一定都能够调取出来，换成电子的就没有这样的问题了。

　　我从文件夹中找出最开始的那段视频，点击播放。视频是我的视角，我旁边有个原始人，怀里抱着个孩子。原始人的手上有一块和杨紫一模一样的胎记。

　　原来，那胎记一直都在，并不是有谁砍了她的手。

　　接下来，我翻看脑海中的这些片段，毫无例外地都有这样的一个人出现，她的手上有一块胎记。在古埃及、在罗马、在唐朝、在中世纪的欧洲、在南美大片的种植园里、在战乱的非洲大陆、一战、二战……在每一段的人生里，我都和这个人相遇，相爱，度过一段岁月。无论轮回多少次，我都注定要和这个人相遇，无论皮肤是黑是白、无论疾病和灾荒、无论贫穷还是富有。

　　唯一的疑问是，为什么杨紫没有回来。

　　我向医院调取了当年的医疗记录，资料显示 2001 年 9 月 11 日，确实有一位叫杨紫的年轻女性接受过抢救，不过她当天晚上就被判定为脑死亡，她的心脏被移植给了一位受伤的警官。

　　那警官就是我。我整整昏迷了三个月，并患上了应激性失忆。

　　原来我们从来都没有分开过。

　　　　　　　　　　　　　{ 人长大了，开心都想哭 }

11

> **蓝宝石不是废物**

11
—
13

{ 人 长 大 了 ， 开 心 都 想 哭 }

爸妈一定是爱我的，要不怎么会给我取一个珠光宝气的名字——蓝宝石。

但我又觉得他们是恨我的，给自己儿子取这么一个脂粉气的名字，意味着多少嘲笑和讽刺。

他们相爱的时候，我是他们的宝石，是他们爱的结晶。当他们彼此憎恨，恨不得拿刀互砍的时候，我就变成了他们不想要的石头，质地坚硬却又无法切割，摆在哪里都显得碍眼。

01#

小学三年级以前，我品学兼优，是父母的宝贝。

四年级时他们离婚，我被判给了爸爸抚养，开始跟着他四处转学。我几乎没在任何一个学校上过一个完整的学期。

我个子很高，成天驼着背，一副睡眼惺忪的模样，说话稀里糊涂颠三倒四，同学们都不太喜欢我，老师也拿我没办法。我交不到朋友，学习成绩也一落千丈。等到了初中的时候，我彻底沦为众人眼中的废柴。

我做人有一个原则，就是绝不主动招惹别人，但如果有人来找我麻烦，我也绝不姑息。有一次，班上的男生找我碴儿，我们狠狠地打了一架。老师不分青红皂白就训斥了我一顿，我索性连老师一起打了。没什么大不了的，被学校开除这件事儿，我早就

{人长大了，开心都想哭}

习惯了。

其实那时候，不是老师和学校放弃了我，而是我自己有点破罐子破摔的心理。

每次被学校开除，我就在社会上鬼混一阵子，跟着一群小流氓打架闹事。不是调戏小姑娘，就是把低年级的小弟弟逼到墙角，让他"给点钱花花"。可惜，我天生没有做大哥的命，每次混不多久我就腻了，觉得特没意思，觉得自己特无聊，倒不如在课堂上睡觉来得舒服，于是又让老爸给找个学校，混吃等死。

老爸对我的教育就是一顿毒打，打得他手都痛了，我也从不屈服，只是咬紧嘴唇瞪着他。被打的次数多了，我抗击打能力特别强，三四个小流氓都不是我的对手。正因为这样，那些不良少年都会敬我三分，总想拉我入伙。

蓝色的宝石，多么美好的愿望。可是在我中学老师的眼里，我只不过是一块蓝色的玻璃碴子，一文不值。她还说，你们全家都是玻璃碴子，没一个好东西。

骂我的家人，我真想抽她丫的。但转念一想，人家也没说错啊，"你们全家都是玻璃碴子"这句话还蛮贴切的。于是我又忍不住笑出声来。

当时我站在讲台的侧面，俯视着讲台上那个唾沫横飞的中年女人。看见我毫无悔意，还哈哈大笑起来，她气急败坏地想要给我一个嘴巴。我一下抓住她的手，稍微一使劲，她就坐在了地上。全班学生都在起哄，看我要怎么收场。

结果，我又被勒令退学。这已经是我换过的第六所中学了。

我爸又给我一顿狠揍，揍完了，泄完火了，学还是得上啊。于是他又骑着摩托车带着我，到处找关系，我才被一所更烂的学校接收。

　　新学校简直烂到个底儿掉了。

　　我弓着背、面无表情地走进一间教室，无奈地嘟囔出自己的名字。

　　空气凝固了几秒钟，全班哄堂大笑。有个长得像王宝强的男生，一边拍巴掌一边笑，说："蓝宝石，哈哈哈，我还叫红玛瑙呢，哈哈哈。"

　　他们笑他们的，我头也不抬地走到最后一排，把书包扔在课桌里，倒头便睡。管他什么鸟人，讲着什么乌七八糟的鸟语，都与我无关。窗外阳光明媚，校园里鸟语花香，我躺在桌子上睡得正舒服。

　　历史课上，胖墩墩的女老师口若悬河地讲述着我国发射的第一颗人造卫星——东方红一号，讲得激情澎湃。学生们在下面肆无忌惮地聊着天。突然一阵爆笑将我吵醒，我抬起头，只见女老师的白衬衫上有一道明显的水迹，透过水迹隐约看到了里面黑色的内衣。她似乎并未觉察，还是一字一画地书写着板书。

　　看见老师没有反应，坐在第二排的一个男生从书桌里拿出一支水枪，照着老师的后背射出一道水柱。这次，老师的衬衫湿了一大片，她这才有所察觉，用手摸了摸后背。学生们都在不怀好意地笑，还有人直接冲老师吹起了口哨。女老师面对顽劣的学生，气得脸都涨红了，哭着跑出了教室。

　　　　　　　　　　{ 人长大了，开心都想哭 }

这些人真是无聊透顶,我想。但事不关己,我就继续趴在桌子上睡觉。

不一会儿教导主任来了,他迈着咚咚咚的步子,黑着脸,喘着粗气,看上去非常生气。后来我才知道,这个班的学生因为之前考试集体作弊被曝光,害得学校丧失了评优的资格。教导主任恨透了他们。

他大声质问:"谁干的,到底是谁干的,现在就给我站出来!"

自然不会有人站出来。

看见我趴在书桌上,他忽然大喊:"蓝宝石,你给我站起来!"

我吓了一跳,咕咚一下站起来,膝盖磕到了课桌上,痛得我直咧嘴。

"蓝宝石,你说说是谁干的?"教导主任气急败坏地问。

"我怎么会知道。"我翻了一个白眼,没好气地说。

教导主任已经有点歇斯底里了,吼道:"今天你说不出是谁干的,那就是你干的!你就是这个班上最臭的一颗老鼠屎,别以为我不知道你以前的事儿,别以为我不知道你那点儿心眼儿!你给我滚出去!"

话音未落,他就从讲台那里飞奔过来,抓住我的衣领,想要把我扔出教室,周围的桌椅躺倒了一片。旁边同学吓得够呛,赶紧躲开。

我莫名其妙被卷入到漩涡中,胸口生出一股怒气,也急了,站起来想要还手。

就在这时,一个女生冲出来,挡在了我和教导主任中间。女生又高又壮，宽度刚好把教导主任整个人遮了起来。

"杨主任，是刘中华干的，水枪在他书桌里。"女生大声地说，我甚至感受到了一种大义凛然、视死如归的正气。

全班哗然，似乎是对告密者感到不满。

教导主任搜出了作案工具，带着刘中华离开了教室，并没有再看我一眼。

我遇到的冤枉事儿太多了，早就习惯了。可惜那个叫张灵芝的女生，因为帮我而惹上了大麻烦。

刘中华是班长，水枪事件之后，班长处处针对她，比如故意把她的作业本丢掉，把她的出勤改成缺勤，罚她连续一个月放学后留下来打扫卫生。最过分的是，他还总当着全班人的面，说张灵芝的父亲是开歌厅做不正当生意的，说她母亲是陪酒小姐。好几次我都看见张灵芝眼圈泛红，却强忍着不哭。

张灵芝似乎也没什么朋友，班里只有我和她不属于任何小圈子。我是懒得跟不熟悉的人说话，而张灵芝却是因为长相奇特遭到嫌弃。她一米七五的身高，桶形身材，身上任何一个部位都比正常女生大三圈。她嘴唇上有一圈浓密的汗毛，看上去就像没刮干净的胡楂儿一样。男生们常常拿她的长相来说笑，女生们更是嫌弃她，没有小圈子愿意接受她。张灵芝一个人独来独往，总喜欢穿一身乌漆麻黑的衣服，死亡哥特范儿。

蓝宝石，张灵芝，提到我们的名字，班里人都觉得是个笑话。

02#

　　我和张灵芝曾经当过半学期的小学同学,我都忘得差不多了。此时,我和她一起站在校长室里,等待着家长来学校处理问题,她说起了小学时候的事情,我才想起来。

　　那年数九隆冬,后妈突然发飙,还没等我搞清楚状况,就已经被她从家里扔了出来。我一身单衣单裤,连鞋子都没来得及套上,站在雪地里不知所措。隐约记得父亲单位的方向,我也只能去那里碰碰运气。

　　沈阳的冬天,零下二十几摄氏度。走不了几步,我的脚就已经失去了知觉,像被刀割过一样火辣辣地痛。我心想,再这样走下去,肯定会被冻死的,就拐进街角一家小卖部里,请求老板给我父亲打个电话。可是,老板坚持要先付电话费,我身上却连一个钢镚也翻不出来。

　　突然有人拍了拍我的肩,递给我一块钱,说:"给你。"我感激地看了她一眼,一个皮肤黝黑的女生,从兜里掏出一个硬币,我用它付了电话费。

　　电话一直没有打通。我当时并不知道打不通电话是不要钱的,老板真黑心。

　　张灵芝看到我衣衫不整的样子,询问我的情况,我说我要去找我爸爸,我要问个明白,为什么那女人要把我赶出来。

　　张灵芝说:"你这样不行的,外头太冷了,会冻出病来。你打车去吧。"

"我身上连打电话的钱都没有，哪里有钱叫出租车。"我无奈地摇了摇头。

张灵芝想了想，说："你在这儿等我，别走，我去去就来。"

说完她就急急忙忙地冲出去了，我又一次站在那里不知所措。

约莫过了十来分钟，一阵急促的脚步声传来。有人"哗"一下推开小卖部的门，是张灵芝。

她应该是跑得太急了，脸涨得通红，上气不接下气，结结巴巴地对我说："这……这个钱应该够了，你拿去……拿去用！"

她递给我一个小猪扑满，鼓沉鼓沉的，掂一掂，里面装的都是零钱。她又递给我一件衣服，是一件女式的羽绒服。

我不知道眼前这个女生为什么要帮我，她甚至连我的姓名都还不知道。我刚想拒绝她，说不能接受她的钱，她就已经转身跑掉了。

我套上那件女式的羽绒服，身上立刻有了一丝暖意。虽然衣服有点儿小，拉不起拉链，但已经可以救命了。

我抱着张灵芝的小猪扑满，在雪地里站了半个多小时，才等到一辆出租车。此时我的脚已经被冻伤了，虽然不至于截肢，但后遗症是一辈子都无法痊愈的冻疮，一到冬天就奇痒无比。

"说起来，你当年救过我一命，还没来得及说一声谢谢。"我站在校长办公室里，对张灵芝说。

"那今天我们就算扯平了。"张灵芝说。

夕阳照进了空荡荡的办公室，我和她两个人的影子拉得好长。

几个小时以前，我狠狠地揍了刘中华一顿。几个老师来拉我，根本拉不住，我朝他身上挥着拳头，直到那家伙躺在地上一动不动。

他平常对我们使坏没关系的，就算他流着口水造谣说我和张灵芝有不正当关系，说得不堪入耳，我也懒得理他。但是他怎么可以邪恶到这种程度？

下午自习课上，他说张灵芝的母亲是做妓女的，江湖人称黄老邪的妈。张灵芝忍无可忍，痛哭起来。班长变本加厉，说上梁不正下梁歪，张灵芝跟她妈一样的货色。

我忍无可忍，一把揪住他，对着他的身体就是一记窝心拳，接着又一拳打在他的下巴上。他毫无防备，扑通一声倒在地上，我骑在他身上左右开弓。

"估计我们班长要在医院住一阵子了。"我说。

"你说学校会给我们什么处分呢？"张灵芝担忧地问。

我拍拍她的肩，说："你就别操心了，这事儿和你没关系，人是我打的。"

"那怎么行，这事儿因我而起，我不能让你一个人扛。"张灵芝摇了摇头。

"你也太小看我了，这种事我经历得多了，大不了，就开除呗，又不是第一次了。再说我不觉得我做错了，刘中华这人，人品有问题，就算今天我不揍他，早晚也会有别人揍他。今天就当给他个教训。"

最后，我爸赔了医药费，又亲自上门赔礼道歉。刘中华自知理亏，也不敢太过分，同意不追究我的责任，我才没有被开除，只是记大过留校观察。

打架事件之后，班长好像老实了许多，也不找我们麻烦了。我和张灵芝依然像透明人一样存在着，和任何人都没有交集。

我以为班长的事情可以告一段落了，谁知道这家伙一直在等待着时机报复。

有一天放学，刘中华带了一群人把我堵在了胡同里。十几个人把我团团围住，我一看领头的人，立马就笑了出来，带头大哥竟然是从小一起长大的哥们儿刘佳。刘佳看见我先是一愣，然后也哈哈哈大声笑了起来。我们击了个掌，拥抱了一下，刘中华看到此情此景一下子蒙圈了，说："刘佳你怎么回事？我给你钱是让你来收拾他的。"

原来，刘中华答应出五百块钱，让刘佳出面收拾一个人，没想到那么凑巧，那人竟然是我，刘中华估计死也没想到自己点儿这么背。钱已经收了，肯定是不能退了，刘佳问班长怎么办，班长哆哆嗦嗦地说："既然大家都是朋友，那就算了吧。"刘佳说："那好，我跟你两清了。"他又转身问我："要不要收拾收拾刘中华？"班长没想到形势发生急转，吓得流露出了大小便失禁的表情。我说："算了吧，这个怂蛋不值得你沾手，而且经过这一次，他肯定能学聪明点儿了。"

于是，我和刘佳带着一群小弟，勾肩搭背地去吃大排档，留下班长一个人蹲在地上唱着《好汉歌》，唱够二十遍才能走，不然就回来揍他。

{ 人长大了，开心都想哭 }

我和刘佳是邻居，从小一起长大。他一直和奶奶住在一起，奶奶精神有点儿问题，一到夏天就穿着一身薄纱睡衣满大街溜达，基本上就是裸奔。有时有陌生人骑车经过，只要自行车把一摇晃，他奶奶就立刻一屁股坐到地上，硬要说骑车的人把她给撞了，让人家掏钱。就这样，老太太每天都能赚个几十块钱。刘佳和奶奶基本上就靠着碰瓷儿的收入度日。

　　刘佳初中只上了一年就休学了，和几个小流氓混在一起，干点儿偷鸡摸狗的勾当。原本我也跟他们一起混过，但老想着怎么样也得拿个初中的毕业证，要不，想养活自己太难了。只有具备了养活自己的能力，才有可能早一天脱离家庭，早一天皆大欢喜，彼此牵绊在一起都活得很累。

03#

　　我这样自甘堕落的人是没有未来的，不继续往深渊里跌落就已经算是万幸。就这样"废物""废物"地被人叫着，时间长了也就习惯了。爸妈都不管不问的，别人就更不会对你抱有任何期待了。对此我倒是很享受，至少一个人乐得清净。

　　废柴一直当到初三，想着混到毕业就去工作，早点挣钱，不要再拖累爸爸了。

　　初三上学期，我们班换了一个班主任，那是一个慈眉善目的年轻人，我对他第一印象不错。班主任找我谈话，问我将来有什么打算，我说，能去当兵就当，当不了就去学修车。

刘中华在一边小声嘀咕，这样的人渣离开学校就是社会败类。

班主任狠狠地瞪了刘中华一眼，刘中华估计是之前的气一直没机会撒出来，指着我说："蓝宝石要是能考上哪个学校，所有的学费我都包了。"

班主任发了脾气，说："只要肯努力，什么时候都不晚，蓝宝石现在的成绩不能代表将来。"

班长嘟了嘟嘴，不再说话。

班主任的一席话，说得我心里一动。我已经忘了有多久没听过别人鼓励的话，就算班主任只是说说而已，我心里也生出了一丝感激。

自从父母离异之后，就再也没有人对我抱有任何希望了。以前那个老师说我是玻璃碴子，对此我一直深信不疑。玻璃碴子怎么能变成宝石呢，不过又是一个笑话而已。

班主任走后，我掏出课本，除了汉字，基本上都看不明白。我从书桌里掏出一沓试题，基本都不会做。想要逆袭，连我自己都觉得是个笑话。

可是，那天就是不知道哪根筋不对，我突然很想试一试，反正不会比现在的自己更差劲。

老师是不可能重新教我一遍了，思来想去只有一种方法，那就是背，把整本书背下来，数学、语文、英语、化学、物理，所有科目，全部背下来。

{人长大了，开心都想哭}

死记硬背是一件极其枯燥的事情，每天老师在上面讲课，我在下面翻书，就这样背了整整一个学期。到了期末考试，竟然每一科都及格了。这样的成绩让我始料未及，也让所有人目瞪口呆。刘中华挑衅地说，蓝宝石这次抄得不错，肯抄袭也是一种进步嘛。同学们哄堂大笑。

　　我一点都不生气，谁能相信一个废柴在一个学期之内就进步迅速呢？连我自己都觉得跟做梦似的。

　　寒假的时候，我到一家汽车修理厂当学徒工，每天工作十几个小时，满身、满脸都是油污，照镜子都认不出自己是谁。每天除了干活、吃饭、睡觉，也没工夫想别的事情。

　　有一次，刘佳开着一辆桑塔纳来修理厂保养，副驾驶位坐着一个女的，竟然是张灵芝。他们没看到我，看样子两个人关系很亲密。

　　初三下学期开学，班里少了一小半同学。他们要么去了职高和技校，要么就是提前找好了工作和出路。我混在一群所谓的好学生中间，显得有点儿另类。大家私底下议论我说："蓝宝石肯定是脑子坏掉了，用脚指头想他也考不上高中，都这个时候了还不出去找工作，在学校混吃等死有什么用？"

　　我对外界的议论不以为意，继续背书。等书都倒背如流了，我又开始背试卷和答案。

　　放学的时候，经常能看见刘佳的桑塔纳停在学校门口。张灵芝开始每天化浓妆上课，她告诉我，她要报职高学习美容美发。她问我毕业之后想干什么，我说我还不知道。

临近中考，市里组织的几次联考，我成绩都还不错。班主任问我学习突飞猛进的秘诀，我把背书的事情告诉他，他觉得这简直就是个奇迹。

初中最后一次家长会，班主任要求每个学生的家长必须到场。我情况特殊，父母都不可能来出席的，我只能代替他们和老师面谈。

班主任问我想考什么学校。我如实回答说，从来没想过自己还能再学习，初中能顺利毕业就谢天谢地了。

班主任看着我，坚定地说："那就报考一个市重点高中，要对自己有信心。"

和老师谈话结束之后，我突然觉得自己很幸运。是继续朝着重点高中的方向努力，还是自甘堕落、随波逐流、心甘情愿地做玻璃碴子，决定权在我手里。从这点上来说，我蓝宝石还是挺幸运的。

我隐约感觉到命运的轮盘开始转动，我要和刘佳、张灵芝他们走上两条不同的人生道路了。其实每个人在每个时候都有选择权，无论对与错，紧紧抓住不要放弃才是人生的关键。

中考一结束，我来不及想结果如何，就跑到一家鞋店去打工。偌大的仓库，只有我一个人。每天面对的是上万个鞋盒，每个鞋盒都要擦拭干净，整整齐齐地码放在货架上。每天出库入库几百双鞋，出库的要用玻璃绳捆扎得漂漂亮亮，摆在货车上。未来如何，我不知道，我只知道如果我能挣到钱了，就可以让爸爸解脱，也让自己解脱。

7月底，班主任通知我回校拿录取通知书。红色的榜单上，

【人长大了，开心都想哭】

我的名字赫然出现在第一位，我的总成绩竟然考到了班级第一名。班主任高兴地拿着我的通知书，拍着我的肩膀说："蓝宝石，我就知道你可以的，好好努力，前途无量！"

前途无量和前途无亮，不过一字之差，对于我来说，就是两种命运，两种选择。

拿到录取通知书，我有点儿不知所措，打电话给我爸，他只"哦"了一声就把电话给挂了。我又打电话给我妈，她却怎么都不肯相信，还以为我是借着上学的名义骗她的钱。

他们要是能为了我开心一下，该有多好，哪怕只有那么一点点的骄傲也好，可惜都没有。他们生活得太憋屈了，连为自己儿子的成绩高兴一下都腾不出时间来，甚至连假意伪装一下，他们也不愿意。

父母的不理不睬让我坚定了奋斗的方向，我对自己说，千万不要成为那样的人，更不要让我的子女有这样的父母。就算拼了这条命，我也不要再过他们那样的生活。

这就是我的人生信条。

04#

我用暑期打工挣的钱付了高中的学费。我爸以为我上的是不良少年戒除网瘾的免费学校，我也懒得解释。由于以前基础打得不牢，高中第一学年，我学习起来很吃力。同学们都在外面上补习班，我自然是上不起的。

后来我无意间发现，每个补习班都有自己的题库，于是我就厚颜无耻地找同学们借补习班的教材和笔记，把上面的题都抄下来，抄着抄着发现大部分题都大同小异，我只要把那些容易出错的题单独拿出来强化记忆就行了。于是我只记容易出错的题目，一年下来，成绩稳步提升。

高二暑假，我在曾经打工的商场里，看见了张灵芝。她穿着一身绿色的制服站在一家店门口迎宾。我冲她挥了挥手，她看见我，有点意外，露出了惊喜的微笑。她还是那么魁梧，制服紧紧地绷在身上。

她说下班之后请我去吃冰激凌。

冰激凌店在我们学校附近，上学的时候我和她都没怎么来过，我是因为没钱，她是因为没人愿意同她结伴。

"我现在偶尔一个人来这边吃，我最爱香草口味的。"张灵芝用勺子拨弄着杯子里的冰激凌。

"一个人来吃会被当成是怪物吧。"我说。

"即使不来，我们也都是怪物。"她突然没头没尾地说了这么一句话。

这家店的冰激凌有十几种口味，每样都加一点就变成了一杯彩虹，好看极了。

冰激凌店里三两成群地坐着我们的学弟和学妹，他们每个人看起来都很开心，一边吃一边聊天。回头想想，我和张灵芝初中

　　　　　　　　{人长大了，开心都想哭}

的时候确实太不合群了，难怪被人当成是怪物。

"这冰激凌其实也没那么好吃。上学的时候特别羡慕那些结伴来吃冰激凌的同学，可惜我一个朋友都没有。"张灵芝偏着头，似乎在回忆往事，"你知道吗，刘中华他们说我是丑八怪什么的，其实我一点都不恨他们。但我受不了他们说我父母。我父母确实是在歌厅里上班，他们的工作被人瞧不起，我当时也觉得好丢脸。之前我是有过几个朋友的，但他们家长听说我父母是干那种工作的，就不让他们和我来往了。"

我不知道该怎么回应，只能埋头默默地吃着冰激凌。

张灵芝继续说："同学们歧视我也就算了，连老师也看不起我。我还记得小学的时候，老师找同学们要挂历，我家没有，他就罚我抄课文。"

有些老师确实挺差的，这是我无可争辩的事实。

"那你现在还恨他们吗？"我问。

张灵芝轻轻摇了摇头说："其实从来都没有恨过。以前我都是虚荣心在作祟。我父母靠劳动挣钱，有什么可丢人的。"

我赞许地点了点头。突然想到了刘佳，开口问道："你跟刘佳还在一起吗？"

听到这个名字，她的眼圈瞬间就红了，眼泪扑簌扑簌地往下掉。我不知道他们之间发生了什么，赶紧给她扯了几张纸巾。

张灵芝断断续续地给我讲了她和刘佳的事，我这才知道她过得并不好。

就在我上高中的那一年，刘佳和张灵芝租了个房子开始同居。

张灵芝在学美容美发，想着毕了业就自己开店。刘佳也渐渐脱离了江湖，在一家超市当搬运工。

日子过得虽然清贫，但还是很幸福的。刘佳从来没有嫌弃张灵芝长得不好看，他觉得张灵芝是个善良的姑娘，跟她一起特别踏实。张灵芝从小遭受着旁人的白眼长大，除了父母以外，再没有人对她这么好过了。她在刘佳身上体会到了从未有过的幸福。

渐渐地，刘佳以前的朋友隔三岔五就来找他，他江湖义气重，抹不开面子，时不时就在聚会上露个脸。刘佳之前所在的帮派由于在澳门豪赌被媒体曝光，又牵连出一系列案件，包括轰动一时的走私大案。帮派的头目全被抓进去枪毙了，刘佳也未能幸免。有次吃饭的时候，饭吃到一半，警察冲进来把他们全都抓了。十几个人大部分被判了死刑，刘佳被判死缓。

还没来得及告诉张灵芝自己去哪里了，再见面就上了法庭，被判了死缓，连告别的机会都没有，两个人的人生就被彻底地改变了。

此时张灵芝已经怀孕五个月了，孩子一出生就没了父亲，只剩下母子两个相依为命。

还不到十八岁，张灵芝就成了单身母亲。家里人嫌她丢人，要跟她断绝关系。她还来不及伤悲，就得背负起生活的重担。别说理想和未来了，就连怎么活下去都成了难题。

短短两年的时间内，刘佳和张灵芝的人生竟然发生了戏剧性的变化，生活有的时候真是一出悲剧。

刘佳令我想到了之前的自己。其实，我曾经也和他走在同一

{ 人长大了，开心都想哭 }

条路上。都说命运弄人，到底是谁造的孽呢？

如果不是刘中华看扁我，如果不是班主任一直鼓励我，如果不是父亲嫌我是个累赘，如果不是继母折磨我，我就不会产生改变的想法，不会突发奇想地开始背书，现在也不会坐在重点高中里，以后甚至还有可能上重点大学。

我常常在想，到底哪个才是真正的我，是那个浑浑噩噩的废柴，还是现在这个基因突变的我？

05#

不敢说我是最努力的，但运气一直不错。当流氓没被人砍死，当废柴没被学校开除，想要学习之后，就一路上了重点高中、重点大学，还考上了研究生。人生似乎转了个大弯，我不知道是因为自己开始走好运了，还是祖坟冒了青烟。

毕业从学校出来，进入一家互联网公司，每天工作十几个小时，回家倒头便睡，周末还得加班，常常想起在课堂上睡大觉的那些日子，也常常怀疑自己拼命念了那么多书到底值不值得。

忙碌的工作，时常令我想起在课堂上睡大觉的那些日子。我常常陷入不自觉的回忆之中，觉得自己的人生就像一出戏。

我上大学那年，张灵芝通过成人高考重新回到了学校。毕业之后，她参加了公务员考试，成了一名村官。她现任的老公也是一位村干部。

张灵芝来上海看我,带着她的儿子还有老公。她悄悄跟我说,刘佳坚持跟她离婚了,不想拖累她。她现在的老公愿意接受她和儿子,她总算有个依靠了。

我给他们接风,不是多好的餐馆,只是一般的西餐厅。

众人落座,翻看菜单,张灵芝老公面露难色,边看边摇头。我说:"是不是吃不惯西餐,要不咱们换一家?"他立刻放下菜单说:"这些东西我恐怕吃不饱的。"小男孩挥舞着手臂,指着菜单上的牛排说:"妈妈,妈妈,我要吃这个,要吃这个。"她老公立刻沉下脸来,一把抢过孩子手里的菜单,挥手就要打小孩的脑袋。我不知道他为什么会有这样的举动,赶紧制止。

众人离开西餐厅,看到马路对面有一家东方既白,于是张灵芝老公提议吃这个。我觉得不妥,给人接风就吃快餐,也太寒酸了吧。可是她老公已经自顾自地往店里走了,我们也就只能尾随。

一份鸡腿饭,一份小馄饨,张灵芝老公吃得十分满意。他一边用手背揩了揩嘴上的汤汁,一边满意地说,还是这个实在,西餐什么的实在吃不惯。

我无奈地冲张灵芝笑了笑,说去结账。她老公露出了一个遗憾的表情,说:"啊,你请客啊,早知道刚才就不折腾了。"我恍然大悟,刚刚他执意从西餐厅换到快餐店,只是因为不确定到底是谁买单吧。

饭后我们在商场里闲逛,走到一家玩具店,张灵芝儿子看到玩具火车就走不动了,眼巴巴地看着。他爸爸上去看了看价签,

{人长大了,开心都想哭}

惊呼："一个破塑料玩具要三百多块，抢钱啊！"拖着孩子的手就往外走。孩子有点不情愿，就哭闹了起来，他爸爸急了，动手又想打孩子。

我一把抓住他的手，说："一个玩具而已，犯不上，我买给孩子。"张灵芝看出我有点不高兴了，赶紧过来打圆场说："小宝就是眼馋，一会儿就好了。咱们别理他，走吧。"

我没有搭腔，去收银台付了账，把小火车递给张灵芝儿子的时候，他开心地拍着巴掌，说："妈妈，妈妈，我要开火车啦。"

孩子爸爸露出了一个似笑非笑的表情。

那表情我在我父亲脸上也看到过，终生难忘。

有人总是活得那么窘迫，不自觉地把自己放在一个特别尴尬的位置上。可是人活着并不是为了让自己和别人难堪，而是为了让自己和身边的人都感到舒适和愉快啊。

因为自己无能而打孩子的家长，他们不仅毁了自己的生活，也毁了孩子的一生。这种伤害很难治愈，它就像一个看不见影子的妖怪，时不时跳出来张牙舞爪，提醒你过去的生活有多么不堪。

我所有的叛逆，就是为了有朝一日不能变成他们那样。我所有的努力，是为了不再让我爱的人重复那样卑微的生活。

一下子觉得什么都值得了。

一直想找机会告诉爸爸妈妈，蓝宝石从来都不是个废柴。

> 人长大了，开心都想哭

{ 人 长 大 了 ， 开 心 都 想 哭 }

01#

战胜孤独的唯一办法就是让自己一刻不停地忙碌起来，没有时间思考，没有时间矫情。我不停地工作，机械性的；我在上下班的途中听歌，旋律激昂的；我睡不着的时候就去跑步，狂奔到几近窒息。我觉得筋疲力尽是打败孤独的唯一办法。

然而，孤独总是有办法填满各种微妙的缝隙，让人无处可逃。

工作四小时，休息十分钟，只够蹲下来吸一根烟。远处，金台路上的一座大厦镶嵌着两排红灯，一闪一闪，像是在不停地吐纳呼吸。周围都是它的同类，但只有它像是活的。我和着灯光闪烁的节奏吐着烟圈，却没有办法和它说一说话。

深夜，坐最后一班地铁回家。四惠站站台的尽头，一块铁架子支起的牌子立在楼梯的拐角处，上面写着"请绕行，别碰头"。一个戴毛线帽、大口罩，低头摆弄手机的女生，头也不抬地往下走，我还来不及提醒她，她脑袋就结结实实地撞在了牌子的下沿儿上，咚的一声。我看得出她疼出了眼泪，但没人会在意，她也只能假装不在意，忍着眼泪去追赶这城市的最后一趟地下铁。

一个女同事在微博上说："月光真好，不知道会不会有外星人来把我抓走。"

她上一条微博写的是："路遇变态，哗啦一下敞开风衣，亮出阳物，吓得我不知所措，傻傻站在原地忘了求救。变态哥见我没什么反应，竟然无趣地拉上风衣，悻悻地走开了。我觉得特别

{人长大了，开心都想哭}

对不住他，他会不会觉得自己特失败想不开啊？要是还能遇见他，我肯定给他一个夸张的捂脸和尖叫，这样大家就不会尴尬了，说不定还能聊一聊。"

不知道从什么时候开始，孤独变成了一种肆意蔓延的自发性的疾病。

可是，我并不是这世界上最孤独的那个人，如果孤独有奥林匹克竞赛的话，我爸绝对是有资格去为国争光的。我是他在这个世界上唯一的亲人，而我们最后一次通话已经是三年前的事情了。那一次他打电话给我，听筒那头传来他的声音："喂，是小高吗？"我想都没想就脱口而出："不是。"然后就挂断了电话。我爸以为拨错了电话，而我将错就错。这是我们的最后一次对话，荒谬至极。

记得我刚来北京的时候，简直可以用"逃亡"来形容。那时候我妈刚刚去世，我爸痛不欲生，总是会在夜里给我打电话。他每次都喝得醉醺醺的，痛哭一阵，然后破口大骂一阵，痛骂为什么死掉的人不是我。听得多，我也就麻木了，干脆把听筒放在桌子上，任凭他在电话那头嘶吼发泄，直到声音逐渐微弱下来，我知道他应该是睡着了，才会按下挂断键。

对于我爸来说，他在这世界上最爱的两个人，其中一个间接地害死了另一个，所以他怎么怪我，我都能理解，我一点都不恨他。

高中的时候，我们有十二个兄弟互相拜了把子，说好有福同享有难同当。那时候我觉得兄弟情义比天大，跟哥们儿义气比起来，其他的都不重要。

结果福是没享受到，却很快惹祸上身了。有个哥们儿为了一姑娘和人起了冲突，本来说几句软话事儿就过去了，但是我们有个兄弟不服软，说："不能看着自己人吃亏，咱们人多，干他们！"

噼里啪啦一顿打，桌子椅子躺倒一片。正当胜负难辨时，我们这边有个人掏出一把刀，照着对方的心脏就捅了过去。殷红的鲜血汩汩地冒了出来，还没等我们反应过来，那人就断气儿了。一帮人吓傻了，只能先跑。我心想，自己顶多算斗殴，肯定没什么大事，回到家里也没跟父母说。结果，当天晚上警察就找到了家里，说我涉嫌故意杀人，要带走。我永远都忘不了我妈当时的眼神，惊恐、害怕、失望，还有绝望。我想就是从那个时候开始，我妈的身体垮了。

在警察局被关押的那段时间，不停地有人来录口供，我翻来覆去地把事情讲了不下几十遍。其间我爸来看过我一次，我妈一次也没有来过。后来我才知道，我妈住院了。

母亲的死讯是狱警告诉我的，我连她最后一面也没见到。父亲直到开庭都没有再来看过我。法庭上，所有家长都哭得死去活来，而我是唯一一个没有家属出庭的。最终，主犯被判了死缓，我作为最不起眼的帮凶，被判入狱一年缓刑一年执行。

短短几个月的工夫，我从一个高中生变成了有案底的社会闲散人员。我爸坚持认为是我害死了我妈妈，看见我就像看见了刻骨仇人一样。他不知道该怎么面对我，我们相互不理不睬，仿佛嘴里多冒出一个音符都是对彼此更大的伤害。

这样的生活让我很痛苦，我想我们应该彼此远离，离得越远越好。至少他看不到我，就不用时时刻刻提醒自己生活是场悲剧。

去北京之前，我跑到我妈的坟前痛哭了一场。害死母亲这件事儿，不用我爸原谅我，我自己一辈子都不会原谅自己。

02#

我跑到北京通州，在东六环租了一间五平方米的小平房，开始拼命工作。送外卖、推销卫生巾、饭店服务员，只要能够活下去，我什么都做。

我没有朋友、没有亲人、没有梦想、没有未来、没有活下去的动力，但一时半会儿又死不了，就像下水道里的寄生虫一样。我幻想着有朝一日能够变成忍者神龟，被都市生活的"核废料"不断侵染、基因突变，化身为超级英雄。但事实却是，我被生活的现实毫不留情地一击致命，变成了众多行尸走肉中的一个，任人宰割是我们这种低等生物的终极宿命。电锯劈开、一枪爆头、脑浆四溅、开膛破肚、四肢横飞，只有这样的死法才能让一众看客满意，我们也算死得其所。

这个城市足够冷漠，没有人在乎我的过去。这个城市足够庞大，没有人敢奢望未来。这个城市足够包容，即使你意外死在了出租屋里，下一个租客也会在你的尸体被抬出去之后不久，占据你的空间、取代你的位置，成为另外一个你。

这个城市是一个万花筒，隔着玻璃能看见各种光鲜亮丽的人过着珠光宝气的生活，你常常误以为自己离他们并不遥远。但实际上，万花筒的这边却是另外一个世界。

每天从五彩缤纷的花花世界，回到我那五平方米的破烂小屋，短短两个小时的路程就像是从曼哈顿回到了肯尼亚的某个部落，也像是从天堂回到了地狱。

天堂里人人安详、礼貌，大家各司其职，为了美好的生活努力奋斗。地狱里，五平方米的隔间把人囚禁起来，没有窗，看不见月光，只有地上不时流过的污水以及隔壁邻居的咒骂。白天我给客人端上几十块一瓶的进口矿泉水，晚上却看见邻居为了一个塑料瓶子的归属而大打出手。白天我为那些看上去十分体面的客人服务，他们对我报以礼貌的微笑，从不吝啬说谢谢，晚上却在通往六环的地铁上看见男人女人们为了争抢座位打得头破血流。

我向往光鲜亮丽的生活，却不得不在这狗窝都不如的房间里忍受着刺鼻的气味，倒头睡去。

这样的生活持续了好几年。时间会让人麻木，再恶劣的环境，习惯了也就不觉得什么了。

只是晚上睡不着的时候，会想起我妈妈，想到我被带走时她的眼神，充满了惊恐、害怕和绝望，没想到那竟然是我们的最后一面。她看到我住在这样的房间里，应该会心痛吧。可是，她已经不在了，所以没人会在乎我的被褥是不是有好几年没有洗过了。

有天，我在下班的路上接到父亲电话。他问我有没有钱，我说可以给他五百块。父亲第一次开口问我要钱，他这么倔强的人低头跟我要钱，想必过得也不如意。可惜他儿子只能拿出这么点儿钱，当时我的银行卡里只有五百七十八块，我自己也觉得挺绝望的。如果我能给他五千块，他是不是能开心一点儿，能和我说说话，哪怕说几句废话也好。

在这家快餐店当了两年多的服务员，有一天经理说要提拔我当领班。这意味着工资能多一点儿，工作可以轻松一点儿。经理拍着我的肩膀说："能在这儿坚持做两年不换工作的，你是第一个。看得出你是个有梦想、有前途的小伙子，好好干！"

梦想，我一直都有的，不然和炸鸡有什么分别？

上学的时候，我虽然不好好上课，但其实私底下非常喜欢读书，读了很多闲书，也写过一些东西，甚至异想天开地认为自己说不定是个当作家的料。

我还梦想过成为一名球星。有个教练说我素质不错，可以培养一下，不过爸妈不愿意花钱，也只能作罢。我们校队曾经拿过世界冠军，我还觉得挺光荣的。

现在的我，每天疲于奔命，梦想早就不知所终了。经理一席话，让我猛然开了窍，不能再这么浑浑噩噩地过下去了，于是咬咬牙用攒下的三千块钱买了一台电脑，预备重新开始写东西。可是，毕竟太长时间没写过了，笔头生疏得很。我试着写了点儿发到网上，看者寥寥。偶然在知乎上看见有人提问，如何快速提高写作水平，大部分人都说最好从模仿开始，海明威、契诃夫、雷蒙德·卡佛、村上春树，都是不错的模仿对象。这些人里面，除了村上春树，其他我一个都不认识。

我买了整套的村上春树，特意在床上收拾出一块地方，把书一本一本地摆好。屋里光线太暗，我从工作的店里拿回一个二十瓦的节能灯泡。换上灯泡之后，房间一下子明亮了起来。刺眼的灯光下，屋子比之前看上去还要脏。地上污水横流，满地都是被污水泡烂了的烟头，墙角处横躺着几具蟑螂的尸体。所谓的房间，不过是在公共厕所里搭了一张简易床板而已。我竟然在这样的房间里生活了好几年，更悲哀的是，我已经习惯了这样的生活。

我开始整夜整夜地读书，是真的读，每一个字、每一个句子都狠狠读出声音，带着感情地读，手舞足蹈地读，完全融入到了文字里。邻居的叫骂、娇喘、哀号声，通通都被读书声覆盖了。屋里依然污水横流，但我似乎找到了一片净土。

有一天吃工作餐的时候，大家说起了各自将来的打算，无非就是嫁人、挣钱一类的，我说我要成为一名作家。大家伙儿先是诧异，然后哄堂大笑，洗碗的大姐笑得脸上肉都在颤抖。是啊，一个服务员怎么可能当作家，有什么资格写小说啊！

他们不知道的是，当年卡佛也被人这样嘲笑过。

我开始尝试模仿春上的风格写一些短篇小说，只是拙劣的模仿，但也渐渐地在网上有了一些回应。网站编辑联系我，说大家特喜欢我的文字，几篇小说给他们带来了很高的流量，还小心翼翼地邀请我开个专栏，生怕我会不同意一样。天知道，我怎么可能不同意呢！她给我开启了一扇新世界的大门，让我的梦想找到了出口，我应该感谢她才是。

{ 人长大了，开心都想哭 }

我开始整夜整夜地写字，小屋里彻夜回荡着键盘敲击的声音。我不觉得累，心情从未有过的舒畅，写字似乎成为治愈一切的灵丹妙药，更成为我释放情绪的出口。我知道有人在陪伴我，他们躲在电脑的另一头，看不见摸不着，可是我能真真实实地感受到，自己没有那么孤独了。

　　有天晚上，半夜两点，我窝在床头写字。手机突然响了，在寂静的深夜听上去无比刺耳恐怖。电话那头传来一个冷冰冰的声音："高启森，这里是市医院，你父亲刚刚因抢救无效而去世了……"

　　在我父亲不告而别的这个夜晚，我距离他的肉身七百公里，而他的灵魂也许来过我那个五平方米的小屋，跟我告别。

　　我很诧异于自己的冷静，在得知我爸去世之后的第一反应，竟然是在电脑上敲下了这样的字句："半夜里无故响起的电话声，多半是来自地狱的死亡通知。"却没有掉下一滴眼泪。

　　坐最早的一班火车回家料理父亲的后事。胸口似乎漏了个洞，风一直从那个洞里涌进来，呼呼作响，吹得心痛。世上唯一的亲人也离我而去了，所有的情感和牵绊都被剥离，我彻底变成了遗世独立的一座孤岛，寸草不生的孤岛。

　　在太平间里看见父亲，他躺在那儿，就像喝多了酒失去意识一样。父亲生前过得实在太不如意，他在这世界上最爱的两个人，其中一个间接地害死了另一个。从他浑蛋儿子被警察带走的那一刻开始，他的人生就宣告完蛋了。

　　医院告诉我，父亲生前已经为自己安排好了后事，不需要我再做些什么，只要在死亡确认书上签字就可以了。

　　没有亲戚朋友，没有告别仪式，父亲唯一的要求就是，跟母亲合葬在一起。

　　我像个行尸走肉一样，处理完所有手续，回到曾经的家里。推开门的一刹那，我仿佛回到了七年前，还在读高中的辰光。时间似乎从来没有走远过，厨房里的水龙头在滴滴答答地漏着水，父亲和母亲在为了晚餐吃面条还是吃米饭争执着，我躲在房间里看租来的日本漫画……

　　可是，女主人并没有在厨房准备晚餐，客厅里的电视机落满了灰尘，旧沙发靠边的一角凹下去一块，那是父亲的固定座位，再也不会有人坐在上面翻报纸、看电视了。

　　爸爸、妈妈都没了，这个地方再也不是我的家了。

　　推开卧室的房门，床头上方挂着一幅巨大的全家福照片，那是我们一家三口的合影。照片里的三个人面带笑意，妈妈就那样笑着看我，好像她一直陪在我身边，从来没有离开过一样。

　　只是，我从来没有和爸妈一起拍过合照，连一张都没有，因为我觉得老土，会被人笑话。

　　这张照片，是父亲人为合成的。

　　我根本无法想象他做这件事的时候，心中有多悲怆。我一直在逃避，像个懦夫一样，却从未想过父亲因此要承担多大的伤痛。连一句告别的话都来不及说，他就已经离我而去了，我将永远无法得到他的宽恕。

　　一瞬间，泪水模糊了我的双眼，心脏整个搅在一起，无法呼吸。

{ 人长大了，开心都想哭 }

03#

"在俄罗斯，每天都有一群流浪狗，坐早班地铁赶到市中心去觅食，晚上再坐末班地铁回到郊区的家，这基本上就是我的生活。"回到北京之后，突然有个出版社编辑约我见面，我如是介绍了自己。她说她在网上看过我写的东西，觉得我是个有故事的人。

如果按照正常人的生活轨迹来看，我在这个年纪的经历，确实算得上有故事了。

我说，我的家是臭水沟上架起的破床板，她以为这是我写的诗，非问这首诗叫什么名字，我随口胡诌了一个，说叫《东六环的落水狗》，她立马对我肃然起敬。

她问到我的写作履历，我说契诃夫、海明威、雷蒙德·卡佛、村上春树这几位对我有深刻的影响。她激动地说，太厉害了，这一派传承下来叫作"极简主义"。我没有告诉她，我只是知道这几位的名字而已，极简主义是什么，鬼知道。

她又问我文学创作上的莎士比亚化和席勒式，哪一种更接近于我的创作理念，我说我写字的时候完全是凭感觉，无暇顾及其他。她忽然眼泛泪光，说："没想到一个饭店服务员也有如此深的文学造诣，你就是我们身边的扫地僧啊！"

我们又聊起了冯唐金线，她问我怎么看，我言之凿凿地说那金线确实存在，接着又把海明威那几位作家的名字背了一遍，说这几位就是金线，只能无限接近，但几乎不可能超越。对于我来说，金线就是努力写得和村上春树一样好。她不住地点头，深以为然。

编辑说，她要跟我签约，要把我包装成最会写书的服务员，或者最暖心农民工。她说到"农民工"三个字的时候，声音因为过分激动而显得有些颤抖，她说她们出版社之前也包装过类似的作家，读者爱看草根励志的故事，她一定要举全社之力把我打造成草根明星。

生活再一次展现出了它荒谬的一面。一个星期之前，我失去了父亲，体会到了人生的大悲。一个星期之后，一不小心，我成了出版社的签约作者。出不出名，当不当励志哥，我其实一点都不在乎，我在乎的是，终于得到了别人的认可。

编辑给我预付了一万块钱的版税，说出版后再付另外一半，我欣然同意。

怀揣着从天而降的一万块钱，我干的第一件事就是辞掉了饭店的工作。我打算心无旁骛地把第一本小说写完，只有读者喜欢，才会有更多的出版社找我签约，那样说不定我就能在城里租一套房子，再也不用生活在垃圾村里了。

依稀看到了能够过上正常人生活的希望，依稀看到了不再孤独的希望，这希望像是一针强力鸡血注射进了大动脉。我每天不停地写写写，把这些年来所有的经历都写下来，童年阴影、父母离世、监狱见闻、爱过的姑娘、梦里的奇幻故事……

屋里不见阳光，我不知道写了多久，一天，三天，五天……大脑始终处于高度运转的状态，我感觉自己不能停下来，如果停

{ 人长大了，开心都想哭 }

下来，就有可能会猝死。烟抽了一包又一包，地上除了烟头就是烟盒，我没有尼古丁中毒死掉，也是一个奇迹。终于，手指头敲击到无法弯曲，不得不停止，哐当一下倒下去，失去了意识。

不知道睡了多久，被隔壁激烈的"啪啪"声吵醒。打开房门，阳光倾泻进房间，屋外的空气涌了进来，冲淡了屋里的一股子尿臊味儿。我几乎是逃进了那阳光里，回头看那阴暗逼仄的小平房，第一次有了立刻逃离这里的冲动。

美丽的新生活就应该从爬出狗窝开始。

很奢侈地吃了肉夹馍和臊子面，回家的路上看见一大片空地，原本的简易房全都不见了，一张告示上说，这里取而代之地要建一个大型的生态主题公园。

回到家里，发现家门大敞四开，床上的电脑竟然不见了。

垃圾村里几乎到了夜不闭户的程度，这当然不是夸赞它治安好，而是小偷根本不稀罕来。家家户户除了破烂就是破烂，除非是想收集烟盒和易拉罐，否则小偷想来行窃，不是初犯就是缺心眼。

我十分笃定，不会有贼光顾的，于是把床板挪开翻找，果然在夹缝里找到了电脑和电源线。不知道何种生物大驾光临，饿得狠了，竟把电源线当成了救命粮食。

接下来三天，我又陷入到了疯狂写作的状态。我绞尽脑汁地写，翻来覆去地写，竟然把自己所有的故事都写完了。

原来我一直自诩为经历丰富的人生，也不过这短短的十万字而已。

04#

接到编辑的电话，我以为她要催稿，就说自己状态特别好，文思泉涌，再有几天就能写完了。她说不急不急，你慢慢写。

"但是——"编辑话锋一转。

我这人平生最害怕听到"但是"两个字，隐约有不祥的预感。

"我们要搬家了，办公室里有两只猫，暂时没办法带走，你能不能收养它们？"编辑小心翼翼地问我。

开什么玩笑，我连养活自己都很勉强，还要养活两只猫？我第一反应就是拒绝。

还没等我说话，她就赶紧说："它们两个很乖很听话，可是新办公室的物业就是不让养，说发现了就要清理掉。我们都有家有室的，家人死活不同意带回去养，你就当可怜可怜它们，先收留一阵，等找到愿意领养的人家，我们就接走。"

她把话都说到这个份儿上了，好像我不收留那两只猫，就是见死不救一样。更何况，她还是掌握着我的书生杀大权的编辑啊，我只好答应。

编辑发来猫的照片给我看，一只肥肥大大的叫茉莉，另一只黑黑呆呆的叫小花，看起来都很可爱。

两只猫如果能抓住咬坏我电源线的贼就好了，写字的时候让它们躺在我旁边，写累了就抱抱它们，想想确实很温馨，有东西陪伴总比孤家寡人的好。据说猫还能招财，说不定养了猫，我就

{ 人长大了，开心都想哭 }

能开始走好运。

这么想确实是好事一件，一个人两只猫，美丽新生活已经在我的心里头开启了。

去接猫之前，我特地换了一身干净衣服，从头到脚收拾了一下，感觉像是要去和姑娘约会。

赶到出版社的时候，看到办公室凌乱不堪，像是刚刚被轰炸过一样，满地都是垃圾和废纸。大家都在各自收拾着东西，没人顾得上理我。编辑看我来了，高兴地说："得亏有你啊。"然后带着我去接猫。两只猫躺在窗台上，背靠着背睡得正香。

坐了近三个小时的公交车回到家，打开猫包，只见两只猫眼神惊恐地看着我，瑟瑟发抖。它俩浑身上下湿淋淋的，伸着舌头喘着粗气，连叫唤的力气都没有了。

我把茉莉和小花从包里拎出来，小花瘫倒在地上不停地流口水，茉莉挣扎着想要站起来，但后腿完全不听使唤，只能匍匐着向前蠕动。它俩浑身上下湿成一片，而且有一股尿臊味儿。不知道是不是因为惊吓过度而小便失禁。

我想要帮茉莉擦一擦，可它却十分抗拒，嘴里不停地发出愤怒的叫声。我想要摸摸它的头，它恶狠狠地咬了我一口。小花则卧在地上一动不动，目光空洞。

我坐在床上，不知所措。

想象中的画面是一个人两只猫，无比温馨地依偎在一起，彼此陪伴，现实却给我迎头一棒。我压根儿不知道应该怎么跟猫相处，就像我不知道怎么跟人相处才能让彼此都不尴尬。我叫它们名字，它们完全没有反应。我把猫粮倒进碗里，放在它们面前，它们闻都不闻一下就躲开了。

过了好一阵子，两只猫似乎从惊恐的状态中恢复了，开始在屋子里四处走动。为了不打扰它们，我假装不在意，打开电脑开始写字。奋笔疾书一个多小时，再看地上，两只猫已经不见了踪影。

就这么大点儿地方，除了床底下，基本上没有躲藏的地方。我掀开床板一看，两只猫果然躲在角落里，浑身上下沾满了污水和泥浆。尤其是白色的茉莉，不过短短几个小时的时间，它已经从一个雪球变成了陈年肮脏的墩布头。我要是这两只猫，心情肯定也糟糕透顶。它们从北京东三环的三里屯，突然就到了东六环的垃圾村。换作是我，我也接受不了啊。

不知道该用什么办法安抚它们，索性把它们抱到床上，想让它们有个相对舒适一点儿的地方。

噼里啪啦又写了一阵子，越写越觉得脑袋不够用，感觉比在饭店当服务员的时候累多了。午夜两点，隔壁又传来啪啪声，尖厉而凄惨。小花胆小，吓得哆哆嗦嗦，自己跳上床来，惊恐地四下张望。我心疼得很，把它抱在怀里，摸着它的头，它竟然也没有抗拒。

小花躺在我身边，我能感觉到它的呼吸，不一会儿，那呼吸变成轻轻的鼾声。我的心里涌起了一丝久违的暖意，虽然不确定它是不是喜欢我，但至少这么多年以来终于有个活物肯陪着我一起睡觉了。摸着小花的头，我竟然感觉不到孤单了。

　　　　　　　　{ 人长大了，开心都想哭 }

第二天一大早，一睁眼就看见小花依然躺在我的怀里，可是茉莉却不知所终。掀开床板，它果然还趴在床缝里，一看到我就呜呜地叫，我能感受到它的愤怒和恐惧。茉莉身上的毛都已经打结了，污水把它身上的白毛浸染成了黑褐色。它用幽怨的眼神看着我，我想把它捞出来，它立刻做出一个用前爪攻击我的姿态，只能作罢。

原以为喵星人会无比温驯，谁知道它们的性格竟然如此强硬。

正当我一筹莫展的时候电话响了，一看来电显示，是编辑的名字。我以为她要跟我讨论交稿的事情，没想到还没等我说话，她就在电话那头痛哭了起来，搞得我一头雾水，又插不进去话，只能等她哭完。过了好一会儿，她哽咽着说："高，对不起，我想把茉莉接回来。在一起的时候没觉得，现在刚分开一天就想得不得了，实在是舍不得它，你能还给我们吗？"

说实话，我感觉茉莉对我、对这个脏兮兮的地方充满了恶意，我对此也束手无策，于是对编辑说："当然可以，我这儿确实不太适合它，你随时都可以把它接走。小花留给我就好。"

挂完电话不到两个小时，就有人来敲我家门。女编辑带着好几个随行，在门口焦急地问："茉莉呢？"还没等寒暄，他们就冲到屋子里头了。

很显然，他们对于我的生存环境非常震惊。一个胖胖的女生和女编辑低声耳语："毛毛你是怎么想的，也不做好调查，就把它俩送人了。我说昨天怎么梦到茉莉变成流浪猫了呢，原来真是它托梦给我。你看看这地儿，和臭水沟有什么区别！"

臭水沟，这个词儿似曾相识，不正是我和女编辑初次见面的时候，用来自嘲的吗？那时候她不相信，非以为是我写的诗。可是今天被现实撞了一下腰之后，我感觉她快要崩溃了。也难怪，我这狗窝环境实在恶劣，也难怪他们会如此惊恐。

我掀开床板，他们立刻冲过去拎起茉莉就往屋外跑。我跟着他们出了胡同口，他们已经上了车，狠狠关上车门，头也不回地疾驰而去，我在原地尴尬地挥了挥手。

茉莉被接走，我也觉得轻松了不少，至少小花还是愿意和我待在一起的。晚上我写到筋疲力尽的时候，小花就躺在我身边，那种有"人"陪伴的感觉让我心里头很踏实。

小花逐渐适应了和我一起生活。我一心想着赶快把书稿写完，去城里租个房子，尽早让小花重新当上三环喵。于是我写写写，不分白天黑夜地码字。

05#

眼看着就要写完了，编辑打来电话。我很兴奋地告诉她书稿即将完成，她并没有我想象中的开心，反而支支吾吾，欲言又止。她让我带上小花，去出版社一趟，说有重要的事情商量。

"也许是想念小花了吧。"我想。毕竟我才养了不到一周的时间，就已经对这个软绵绵、胖乎乎的小东西产生了感情，何况

{ 人长大了，开心都想哭 }

他们都养了五年了呢。

我找了一只空的行李箱，把笔记本电脑塞在夹层里，那里面有我耗费数月写成的书稿。又把小花放进包里，拉上拉链，给它留了呼吸的口。

拖着箱子走出垃圾村的时候，心情有点儿忐忑。书稿和小花，它们是我全部的希望，是我开启新生活的钥匙。我要带着它们一路前行，朝着希望飞奔而去。

到了出版社，刚一进办公室，一群人立刻围拢过来。没有人跟我打招呼，他们直接拉开行李箱抱出小花，一位宠物美容师早已等候多时。小花被扔进准备好的水桶里，胖胖的美容师开始给它清洁身体，仔细地清洗它身上每一个部分。大家一边围观一边说："天哪，怎么会这么脏！""是啊，真可怜，早知道上次一起接回来了！""希望这次变形记不会给小花留下阴影，它不会得抑郁症吧！"

没有人在意我还站在一旁，他们嫌弃的表情藏都藏不住。我的住处、我自己、我想对茉莉和小花付出的真心，都被他们当成了唯恐避之不及的垃圾。

清洗、擦干、吹风，修理指甲，药物驱虫，一整套做下来，小花像变了一只猫一样，靓丽无比。它不住地用头蹭女编辑的脚，亲密无间。也对，小花曾经生活在这样的环境里，怎么可能适应我那种流浪狗一般的生活呢。

我知道，我失去小花了，就像从不曾拥有过一样，它是不可能属于我的。

编辑发现我还站在原地，脸上露出了一个尴尬的表情。我掏出电脑，说："《打工生活》写完了，你看看吧？"

她欲言又止地看了我半天，说："你的文笔肯定是没有问题的，但是……"

又是那个该死的"但是"。

她心虚地看了我两眼，轻声地说："抱歉，这书不能出版了。"

女编辑好像还跟我解释了原因，但是我一个字也没有听进去，我只听到自己脑袋炸裂的声音。编辑说，一万块钱不用退了，就当是损稿费吧。

我把电脑塞进行李箱，不记得自己是怎么逃出办公室的。不过几分钟的光景，那些美好的希望就如同肥皂泡一样啪啪碎了一地。

地铁上，编辑发来消息，感谢我把小花送了回来，她说这猫是社长夫人在高速公路上捡的，扔在办公室里不管不问好几年了。巧的是，前两天刚送走，她就问到这只猫的近况。编辑没有办法，只能把猫要回来。

不重要了，不管这个理由是真是假，对我来说，有什么区别呢？我失去了小花，就跟当初失去父母一样，猝不及防，回不了头。

索性把手机里的短信全部删掉，删到最后一条，竟然是父亲写给我的："儿子，爸想你了，回家吧！"发送日期是一年前，我的生日那天。

事隔一年才看到这条短信，我终于相信了因果之说。本来可以当面乞求父亲的原谅，可是再也没有机会了。如果当时回家能

{人长大了，开心都想哭}

打开和父亲的心结，父亲说不定就不会去世了……这是老天对我的惩罚，惩罚我的自私，我的怯懦。

这条短信静静地躺在手机里，似乎在嘲弄我说，高启森，你就是那个天底下最蠢最笨的大傻瓜。

我拖着空行李箱朝着垃圾村的方向走，走着走着，竟然迷了路，本该是我家的那片地方竟然找不到了，远处一大片空地上灯火通明亮如白昼，无数大型机械犹如狂暴的泰坦呼啸而过。垃圾村正在被夷为平地。

临时围起的护栏上，贴着白底红字的通知，上面写着这块区域将成为某别墅区的新址，原来的违章建筑立刻全部清除。

我站在强光照射的阴影里，看着垃圾村被踏碎、碾平，曾经的容身之处即将不复存在，臭水沟和简易床板即将成为城市核心权贵的所在地。

我知道，美丽的新生活真的开始了。

> **猫的遗书**

{ 人 长 大 了 ， 开 心 都 想 哭 }

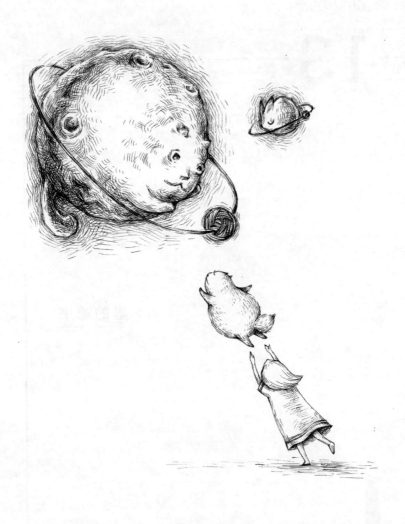

{ 人长大了，开心都想哭 }

哎，

我说你不要难过了，

我只是要回自己的星球了呀。

一眨眼，十年了。

你还是初见面的样子，

而我已经是连路都走不动的老人家了。

{ 人长大了，开心都想哭 }

{ 人长大了，开心都想哭 }

一直没有告诉你，

遇见你那天，天上有一道彩虹，

那是我用一条命换来的，谁让你喜欢呢。

我时常卖萌，耍宝，

逗得你哈哈大笑。

{ 人长大了，开心都想哭 }

{人长大了，开心都想哭}

有时也会假装高冷不理你，

但却在你睡着的时候给你一个拥抱。

你偶尔会粗心大意，

忘了帮我铲屎，

我就善意地提醒你。

{ 人长大了，开心都想哭 }

{人长大了，开心都想哭}

别喝太多可乐，对身体不好。

你总不听话，

我只能悄悄帮你把它们全部打翻。

我生病，你抱着我流泪。

你把生活费全都拿出来给我治病，

自己三天没有吃饭。

{ 人长大了，开心都想哭 }

{人长大了，开心都想哭}

你偶尔会很脆弱，我知道你需要安慰。

我说我养你啊，

不过你应该听不懂喵语。

上古以来，有一个传说，

只要猫胖过二十斤，

就可以向上天祈求一个愿望。

{ 人长大了，开心都想哭 }

{ 人长大了，开心都想哭 }

你说你想要一个家，

我就拼命把自己吃胖，

于是你遇到了他。

看着你穿上白婚纱，

我心里别提有多美了。

{ 人长大了，开心都想哭 }

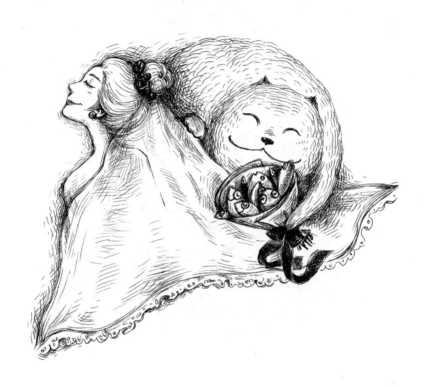

{人长大了，开心都想哭}

可是，上古的传说并没有应验，

我用自己的最后一条命，

帮你实现了愿望。

唯一的遗憾是没能看到你生个宝宝，

在她哭闹的时候替你逗她嬉笑。

{ 人长大了，开心都想哭 }

{ 人长大了，开心都想哭 }

哎，我说你不要难过了。

不说再见，

下辈子还要陪你的。

> 后记

在写这本书的过程中，突然有一天，编辑兴奋地给我打电话说，你知道吗，有个画师，和你一样爱猫，我见她的画第一眼，就感觉你们应该合作。

对于爱猫的人，我向来是多了一份亲切感。看了她的插画主页，那只憨萌的大肥猫，我瞬间就被秒杀了，几乎是同时就答应了编辑的提议，写了一篇故事，请她来配图。

故事就是最后一篇《猫的遗书》。

在此，我要感谢本书的特邀插画师崔九九，谢谢你的敬业，谢谢你的专业，谢谢你用画笔，为这本书增色。

《猫的遗书》灵感来源于我的一位朋友，她养了五年的爱猫，突然就因病走了。养猫的人都知道，长时间的陪伴，它们早已变成了家人。朋友哭着说，痛失吾儿。这份情，我感同身受。

能做的就只有这么一点点，用文字为朋友的猫祭奠，希望你们下辈子还能相遇，还能相互陪伴。

最后的最后，我要感谢我的猫咪们，你们就像一个个小精灵，出现在我的生命里，让我懂得了爱与被爱。

都说猫有九条命，可以实现人的九个愿望。如果这个传说是真的，我希望天下的流浪猫都能够有饭吃，有水喝，下雨了有地儿躲，坏人离它们远远的。如此这般，我不知道会有多开心。